EIN HIMMEL VOLLER NASHÖRNER

Ulrike Leistenschneider 💙 Isabelle Göntgen

Ein Himmel voller Nashörner

Der ~~längste~~ peinlichste Liebesbrief nimmt ~~k~~ein Ende

KOSMOS

Umschlaggestaltung/-illustrationen sowie alle Innenillustrationen
von Isabelle Göntgen, Zell unter Aichelberg

Unser gesamtes lieferbares Programm und viele
weitere Informationen zu unseren Büchern,
Spielen, Experimentierkästen, DVDs, Autoren und
Aktivitäten findest du unter **kosmos.de**

Gedruckt auf chlorfrei gebleichtem Papier

1. Auflage
© 2015, Franckh-Kosmos Verlags-GmbH & Co. KG, Stuttgart
Alle Rechte vorbehalten
ISBN 978-3-440-14622-4
Redaktion: Ina Lutterbüse, Silke Arnold
Produktion: Verena Schmynec
Grundlayout und Satz: DOPPELPUNKT, Stuttgart
Printed in the Czech Republic / Imprimé en République tchèque

Sonntag, 6. April

Lieber Jan,

es ist Frühling! Die Sonne scheint und ich bin glücklich!

Wenn man davon absieht, dass ich vor einem halben Jahr mal aus Versehen ein paar Stunden lang mit Yasar zusammen war (eigentlich ist nicht so ganz klar, ob wir wirklich zusammen waren – er meint *Ja*, ich denke eher *Nein*) – also, wenn man von diesem kleinen Zwischenfall einmal absieht, dann bist du mein erster richtiger Freund. Und zwar schon ziemlich lange – mittlerweile sechseinhalb Wochen! Na gut, Paula und Frido sind mit Unterbrechungen schon über drei Monate zusammen und meine beste Freundin Pinky und Gregor sogar noch länger. Trotzdem ist es so schön, dass wir jetzt zusammen sind – wir haben ja auch eine Weile dafür gebraucht. Also, du hast so lang gebraucht, für mich war ja von Anfang an klar, wie toll du bist. Dafür ist es jetzt aber umso himmlischer. Die letzten Wochen waren wie aus einem Bilderbuch, einfach nur … ohne Worte.

Es war so süß, wie du an unserem Monatstag einfach die Blume aus der Vase geklaut hast. Der Kellner hat ganz böse geguckt, aber wir sind schnell abgehauen.

Ich habe tatsächlich das erste Mal in meinem Leben das Gefühl, dass sich meine Nashörner in Schmetterlinge verwandelt haben – na ja, irgendwie sind es trotzdem noch Nashörner, sie haben eben nur Flügel bekommen und schweben irgendwo über den Wolken. Yasar hat mir deshalb gerade das Lied *Wolke 7* von Max Herre auf mein Smartphone geschickt und dazu geschrieben: *Passt voll gut zu uns!*

Wir schweben ja auch gerade auf Wolke 7!!! Wie sich das anhört! Aber Yasar schwebt auf einer ganz anderen Wolke, seit er verknallt ist. In Kröten-Caro! Ich sag nur: Wo die Liebe hinfällt. Manchmal bleibt man halt an einem Schleimfaden kleben. Kröten-Caro zieht ja genug davon hinter sich her. Ich kann einfach nicht verheimlichen, dass ich Kröten-Caro immer noch nicht leiden kann, auch wenn ich versuche, mir Mühe zu geben. Ehrlich! Aber es klappt nicht so recht und außerdem beruht es sowieso auf Gegenseitigkeit: Kröten-Caros Freundlichkeit zu mir ist auch nur gespielt.

Als ich mir das Lied *Wolke 7* anhöre, muss ich voll loslachen und schreibe Yasar zurück: *Schon mal auf den Text geachtet?*

Da ist nämlich vom *Albtraum auf Wolke 7* die Rede. Also, das klingt alles andere als nach einer glücklichen Liebe.

Na und, schreibt Yasar zurück, *trotzdem ein cooler Song!*

Vielleicht wird seine Beziehung mit Kröten-Caro ja auch so langsam zum Albtraum. Würde mich jedenfalls nicht wundern. Ich finde, die beiden passen überhaupt nicht zusammen. Kröten-Caro ist so eine Prinzessinnen-Tussi, um die sich die Welt drehen muss … total möchtegerncool. Und Yasar? Der ist wirklich cool. Richtig lässig, und er schert sich nicht drum, was andere von ihm halten. Deshalb dachte ich auch immer, dass er auf normale Mädchen steht und auf keinen Fall auf Kröten-Caro. Aber da hab ich mich wohl geirrt. Ich werde die beiden mal genauer beobachten. Gleich holst du mich ja ab und dann treffen wir uns zu viert.

Eigentlich brauche ich gar nicht so auf Yasar und Kröten-Caro rumzuhacken. Bei uns ist nämlich auch nicht immer alles rosarot. Zum Beispiel ist mir aufgefallen, dass man mit dir nicht so gut streiten kann. Wenn ich anderer Meinung bin als du, machst du oft dicht und tust so, als wäre es dir egal. Anscheinend bist du es nicht gewohnt, dass man auch mal etwas ausdiskutiert, und zwar laut. Für mich dagegen ist das ziemlich normal, kein Wunder bei meiner Familie!

Mudda und Papa sind sich eigentlich selten einig (außer natürlich in Erziehungsfragen). Wenn Oma Marion da ist, dann bringt sie meistens noch eine ganz andere Meinung vor, und der Troll hat sowieso seinen eigenen Kopf. Na ja, aber der Vorteil meiner Familie ist, dass ich lerne, mit Streit umzugehen. Denke ich zumindest. So oft streiten wir ja auch wieder nicht. Du und ich ja zum Glück auch nicht, Jan.

Was mich allerdings ziemlich stört: Da hängt seit Kurzem dieses Poster von Emma Watson in deinem Zimmer. Echt, das hat mich doch irgendwie geschockt. Ich meine, wäre es so jemand Schräges wie Miley Cyrus oder Lady Gaga, dann könnte ich drüber hinwegsehen, aber Emma Watson! Die ist total hübsch! Wenn wir uns küssen, geht mir oft durch den Kopf, dass du vielleicht viel lieber mit einem Mädchen wie ihr zusammen wärst. Das ist voll schlimm, weil ich mit ihr nicht mithalten kann.

Zur Strafe habe ich Tim Bendzko bei mir aufgehängt, also, ein Plakat von ihm. Es ist überlebensgroß, haha, und ich freue mich schon, wenn du gleich kommst und es siehst. Hoffentlich ärgerst du dich genauso wie ich, wenn ich Emma ständig angucken muss. Tim Bendzko ist in echt gar nicht mein Typ – ich hab mal einen Jungen kennengelernt, Tom, der mich vom Aussehen her entfernt an ihn erinnert hat, aber Tom war irgendwie langweilig und seitdem finde ich Tim Bendzko auch nicht mehr so gut. Komische Verknüpfung, ich weiß, aber ist ja auch egal. Jedenfalls finde ich Tim Bendzko so typisch … weißt du, was ich meine? So typisch halt … Paula und Julia schwärmen die ganze Zeit von ihm, das finde ich echt peinlich. Ich meine, wir sind 14! Da ist man doch irgendwie langsam aus dem Alter raus, Stars anzumachen, oder? Na ja, aber weil Tim Bendzko eben verdammt gut aussieht, muss er jetzt dafür herhalten, dich eifersüchtig zu machen! Oh, Moment, es hat geklingelt. Mudda macht dir die Tür auf und ich schmeiße mich in meinem Zimmer schon mal in Position ...

COOL? Du findest Tim Bendzko cool? Ich versuche, meinen letzten Trumpf auszuspielen und füge hinzu: „Ich finde Tim Bendzko echt süß!"

Du nickst bedächtig und sagst dann grinsend: „Ja, irgendwie hat er Ähnlichkeit mit mir, was?"

Äh, Jan? Ich glaube, jetzt leidest du wirklich unter einer Wahrnehmungsstörung. Aber das ist wohl der Unterschied zwischen uns: Du bist selbstbewusst und deshalb kommst du gar nicht erst auf die Idee, dass ich Tim Bendzko besser finden könnte als dich. Nein, ganz im Gegenteil, es ist für dich nur logisch, dass mich Tim Bendzko an dich erinnern muss, wenn ich ihn toll finde.

Habe ich vielleicht Ähnlichkeit mit Emma Watson? Das wäre einfach fantastisch …

Als ich mein Liebesbrief-Tagebuch in die Schublade räume, nimmst du mich kurz in den Arm. „Warum schreibst du denn immer noch in dieses Buch?", fragst du leise. „Wir sind doch jetzt ein Paar. Du kannst mir alles erzählen."

Du bist wirklich süß! Aber was soll ich dir denn erzählen? Dass ich gerade zwei Seiten lang über die Beziehung von Yasar und Kröten-Caro abgelästert habe? Nein, das ist mir natürlich zu peinlich. Denn erstens ist Yasar unser bester Freund und zweitens verstehst du dich leider auch mit Kröten-Caro ganz gut. Daher nicke ich nur schnell und ziehe dich aus meinem Zimmer.

Wir gehen jetzt in den Park. In der Nähe vom Knutschspielplatz wurde eine neue Halfpipe gebaut und da treffen wir unsere *Lieblingsfreunde*. *Ich freu mich ja schon so* … *Ironie off*. Wenn wenigstens Pinky mitkäme, aber die kann Kröten-Caro genauso wenig leiden wie ich. „Zum Glück habe ich nicht die Girlfriend-Verpflichtung, sie nett zu finden", sagt sie immer nur. Dummerweise habe ich zusätzlich auch noch die Beste-Freundin-von-Yasar-Verpflichtung, Kröten-Caro zu mögen. Ein hartes Los!

Ahhhh! Ein wirklich unglaublich hartes Los! Mit Kröten-Caro kann man einfach nicht normal abhängen …

Wenn ich mich sonst mit meinen Freunden treffe, dann chillen wir irgendwo, zum Beispiel in einem Café, im Jugendzentrum oder eben im Park. Wir beobachten Leute und reißen ein paar dumme Sprüche. Mit Kröten-Caro geht das nicht.

Das fängt schon damit an, dass sie sich für dumme Sprüche viel zu fein ist. Ja, und dann redet sie nicht so gern über andere, sondern eben am liebsten über sich. Heute hat sie mir zum ungefähr hundertsten Mal (seit wir *so dicke* sind) erzählt, wie sehr sie sich auf ihren 16. Geburtstag (in zwei Jahren) freut. Dann kann sie sich endlich bei GNTM (Germany's Next Topmodel, aber das weißt du ja) anmelden. Und wenn sie dann gewonnen hat (ist klar!), will sie ihre Berühmtheit dazu nutzen, um beim Film und Fernsehen groß einzusteigen. Nebenher wird sie selbstverständlich noch ein duales Studium im Bereich Regie und Schauspielerei absolvieren. Blablabla!

Boah, anstrengender geht's echt nicht. Ich frag mich wirklich, wie Yasar das aushält. Du und er, ihr habt euch mit euren Skateboards abgesetzt und düst in der Halfpipe hin und her. Und wir zwei Mäuse dürfen von draußen zuschauen und euch anhimmeln. Nee, das ist absolut nichts für mich!

Für Kröten-Caro anscheinend auch nicht, denn plötzlich kommt ihr die glorreiche Idee, dass man ja schon mal für GNTM in zwei Jahren üben könnte.

Wie konnte ich mich nur zu so einem Auftritt hinreißen lassen? Plötzlich standen voll viele Leute da und haben gelacht. Ich hätte heulen können. Du hast total komisch geguckt und später hast du mich gefragt, ob ich mich wirklich bei GNTM bewerben will. „Natürlich nicht!", habe ich empört gerufen, und als ich versucht habe, dir zu erklären, dass Kröten-Caro mich überredet hatte, hast du geradezu erleichtert gesagt: „Zum Glück! Ich wusste, dass du so vernünftig bist. Wahrscheinlich erreichst du eh nie Modelmaße."

Na, danke auch! Ich weiß, das ist nur nett gemeint, und du hast auch noch schnell beteuert, dass ich dir so gefalle, wie ich bin, aber ich war echt ein wenig angefressen. Du hast mich nach Hause gebracht und zum Abschied haben wir uns noch geküsst. Das hat meine Laune wieder auf Vordermann gebracht.

Als ich oben ankomme und die Tür unserer Altbauwohnung aufschließe, tönen mir aus dem Wohnzimmer Gitarrenmusik und Papas Stimme entgegen. Er probt mit seiner Band und in der Küche pfeift Mudda dazu. „Hilfst du mir Abendessen machen?", fragt sie, aber ich hab leider überhaupt keine Zeit. Ich muss dringend noch Pinky anrufen und ihr von meinem schrecklichen Nachmittag mit Kröten-Caro berichten. „Das ist ja mal wieder typisch!", ruft Mudda mir verärgert hinterher, aber ich finde, auch Mütter müssen mal lernen, dass nicht immer alles nach ihrem Willen laufen kann. Schließlich ist dies auch mit das Erste, was sie ihren Kindern beibringen … Es reicht schon, dass ich meine Mutter mit *Mudda* anreden muss, nur weil ich das als kleines Kind so gerufen habe. Sie reagiert einfach auf nichts anderes. Deshalb stelle ich mich umgekehrt bei manchen Sachen auch taub – das ist halt das Mudda-Gen in mir.

Ich rufe also Pinky an, aber irgendwie ist sie nicht so verständnisvoll wie sonst. „Warum gehst du denn immer wieder mit Kröten-Caro weg, wenn sie dich so nervt?", fragt sie ein wenig zerstreut.

„Ich geh ja eigentlich mit Jan und Yasar weg", entgegne ich. „Und Kröten-Caro ist halt dabei. Weißt du doch."

„Ja, und ich kann es irgendwie langsam nicht mehr hören …"

Was geht denn mit Pinky ab? Ist meine beste Freundin heute mit zehn linken Füßen gleichzeitig aufgestanden? So kenne ich sie ja gar nicht. „Bist du irgendwie eifersüchtig, Pinky?", frage ich vorsichtig. Dazu gibt es wirklich keinen Grund. Pinky hat Gregor und außerdem noch einen Haufen anderer Freunde, viel mehr als ich. Zum Glück lacht sie jetzt auch nur kurz auf. „Nee, wirklich nicht, Lea. Ach, Mensch, tut mir leid. Gerade bin ich irgendwie voll durch den Wind. Ich hatte eben ein Gespräch mit meinen Eltern. Du, die wollen, dass ich auf ein Internat gehe."

„WAS?" Vor Entsetzen lasse ich fast das Telefon fallen. PINKY auf ein INTERNAT? Meine Pinky soll überhaupt nirgendwohin gehen, jedenfalls nicht ohne mich!

„Ja, die spinnen", höre ich Pinky am anderen Ende der Leitung. „Ich hab ihnen auch gesagt, dass ich auf keinen Fall von hier weggehe. Jetzt, wo ich gerade Gregor hab."

Und mich, füge ich in Gedanken hinzu, oder zählen beste Freundinnen seit Neuestem nicht mehr so viel? „Aber warum wollen sie dich denn loswerden?", hake ich nach.

Pinky stößt einen Seufzer aus. „Sie finden meine Noten zu schlecht. Ich bin ja schon einmal sitzen geblieben und sie wollen nicht, dass das noch mal passiert."

„Aber deine Versetzung ist doch gar nicht gefährdet", sage ich. „Deine Noten sind teilweise besser als meine."

„Ja, aber eben nur teilweise. Ich hab wieder nachgelassen und jetzt haben sie Angst, dass ich das Gymnasium nicht schaffe, weil sie nicht genug Zeit für mich haben."

Pinkys Eltern sind Unternehmensberater und häufig auf Geschäftsreisen. Bislang hat es ganz gut geklappt, dass Pinky dann mit der Köchin und der Haushälterin allein in der großen Villa gewohnt hat, aber jetzt kriegen sie anscheinend Panik. Nur weil die Noten nicht hundertprozentig stimmen. Da sollten sie mal meine sehen – in Mathe stehe ich auf einer Fünf! Deshalb gibt Yasar mir seit ein paar Monaten Nachhilfe, aber geholfen hat es bisher noch nicht so richtig.

„Hey, wir könnten doch zusammen lernen!", schlage ich plötzlich vor, doch Pinky reagiert etwas verhalten.

„Meinst du, wir können uns gegenseitig was beibringen? Wir sind doch beide nicht so super."

„Wir könnten es ja zumindest mal versuchen!", entgegne ich etwas patzig. Ich will Pinky helfen und sie schätzt das überhaupt nicht …

„Ich weiß nicht", sagt sie. „Ich frag lieber mal Gregor, der macht ja gerade Abi …"

„Da hat er bestimmt selbst genug zu tun", werfe ich ein. Die Telefonate mit Pinky waren schon mal besser. Aber so ist das manchmal – wahre Freundschaften halten kleine Verstimmungen aus! Während wir noch ein bisschen über belangloses Zeug reden, surfe ich im Internet und sehe, dass Pinky bei Facebook ihr Profilbild geändert hat. „Hey, du hast dir ja deine Strähne umgefärbt!", stelle ich überrascht fest. Zwischenzeitlich war Pinkys Haarsträhne nämlich grün, weil sie vor Gregors Freunden cooler wirken wollte. Aber die sind ihr mittlerweile egal. Pinky lacht. „Ja! Gregor meinte zwar, Pink sei meine Farbe, aber Blau findet er auch cool. Er will mich jetzt Schlumpfi nennen …" Pinky kichert ins Telefon hinein. „Das treibe ich ihm aber noch aus. Gregor ist manchmal echt kindisch …"

Irgendwie höre ich nur noch Gregor …

Jetzt ruft Mudda zum Abendessen. Ich verabschiede mich und lege auf. Im Wohnzimmer bricht kurz darauf die Musik ab.

Bin ich eigentlich auch so? Dass ich ständig nur über dich rede, Jan? Das kannst du natürlich nicht beurteilen, aber ich denke, eigentlich nicht. Oder doch? Irgendwie habe ich die leise Befürchtung, dass wir Mädchen nur Jungs im Kopf haben, egal ob wir verliebt sind oder nicht. Bei meinen anderen Freundinnen ist das auch so. Julia zum Beispiel redet oft davon, wann endlich ihr Traumprinz vorbeikommt. Sie hatte gehofft, dass Yasar in sie verliebt sei … na ja, bis zu dem Tag, an dem Yasar mit Kröten-Caro zusammengekommen ist. Das war ein großes Drama und ich bin mir nicht sicher, ob Julia es schon ganz verkraftet hat. Sie lässt sich allerdings nichts anmerken. Im Gegenteil, seit Yasar nicht mehr zu haben ist, hat sie wieder mit ihrem Spaßtick angefangen. Man muss dann immer mitzählen, wie oft sie *Spaß* sagt. Ist es eine gerade Anzahl, meint sie ihre Aussage ernst, ist es eine ungerade, dann meint sie das Gegenteil. Anstrengend! Aber ich bin froh, dass sie das Leben wieder lustig findet.

Die Einzige, die kaum über Jungs redet, ist Paula. Das liegt wohl daran, dass Frido einfach immer überall dabei ist. Die beiden sind unzertrennlich! Seit sie sich wieder versöhnt haben, feiern sie bei jeder Gelegenheit ihre Beziehung. An ihrem Monatstag schenken sie sich sogar richtig was! Also nicht nur ein geklautes Blümchen (obwohl ich das wirklich süß von dir fand) – Paula hat von Frido das letzte Mal ein Armband mit weißen Glitzersteinen bekommen. Das finde ich zwar total übertrieben, aber trotzdem irgendwie toll …

Unser zweiter Monatstag ist am 21. April … Gedankenverloren nehme ich das Plüschnashorn von meinem Bett und streichele seine kleinen Ohren. Das hast du mir zum Geburtstag geschenkt! Hach, wär das schön, wenn du mir auch was zu unserem zweiten Monatstag schenken würdest. Ich werde das demnächst mal ganz dezent in den Raum werfen. Oder ist das total doof?

„LEA! ESSEN!", höre ich aus der Küche den Troll schreien. Mein kleiner Bruder hat ein ganz schön lautes Organ. Auf dem Fußballplatz lässt er immer viele Schimpfwörter los, hast du mir mal erzählt. Du trainierst ihn ja – ach, und weißt du übrigens was, Jan? Seit ich mit dir zusammen bin, ist der Troll viel netter zu mir – und das nur, weil er dich so vergöttert! Ich glaube, jetzt hab ich mir endlich mal Respekt bei ihm verschafft. Aber *Troll* nenne ich ihn trotzdem, das hat sich einfach so eingebürgert. Sein richtiger Name, Tim, ist einfach unpassend.

Als ich in die Küche komme, sitzen da auch Hajo und Oskar, die beiden Mitglieder von Papas Band, und hauen ordentlich rein. Schnell nehme ich mir den letzten Rest vom Gemüserisotto. „Wo bleibst du denn?", fragt Papa und schiebt grinsend hinterher: „Du weißt doch – wenn Hajo und Oskar da sind, muss man schnell sein." Hajo und Oskar hören kurz auf zu kauen und schauen sich überrascht an – dann lachen sie und schmatzen munter weiter.

„Lea ist mal wieder auf beiden Ohren taub!", sagt Mudda.

„Wahrscheinlich hat sie gerade Tim Bendzko angeschmachtet – knuuutsch!" Der Troll macht ein lang anhaltendes Kussgeräusch und ich schaue ihn nur genervt an. (Das mit dem Respekt stimmt wohl doch nicht so ganz …)

„Wenn ich das dem Jan sage …", stichelt er weiter.

„Der hat das Poster längst gesehen und er findet Tim Bendzko auch gut", sage ich schnippisch.

„Aber er knutscht ihn nicht ab!"

„Ich auch nicht!", rufe ich empört.

„Och, hört doch mal auf", sagt Papa und legt seine Gabel beiseite. „Wisst ihr was? Nächstes Wochenende hat unsere Band wieder einen Auftritt. Auf dem Frühlingsfest im Westen."

„Toll, dann könnt ihr Werbung für den Buddha-Mudda-Laden machen", sagt Mudda. Seit Ende Januar führt sie mit ihrer Freundin Gaby einen kleinen Ökoladen, der echt schön ist. Leider kommt er nicht so richtig in die Gänge. Deshalb müssen wir bei jeder Gelegenheit Flyer verteilen. Ich denke, es liegt am Namen – aber mir glaubt ja keiner.

„Natürlich werden wir deinen Laden mal erwähnen", erwidert Papa. „Aber was viel wichtiger ist …"

„Unsere Band braucht endlich einen Namen", wirft Oskar ein.

„Wir machen so tolle Musik", fügt Hajo alles andere als bescheiden hinzu. „Das sieht man ja schon daran, wie oft wir jetzt gebucht werden."

„Echt?", fragt Mudda mit hochgezogenen Augenbrauen.

Hajo nickt eifrig. „Ja … diesen Monat haben wir jedes Wochenende einen Auftritt …"

„Jedes?" Überrascht sieht Mudda zu Papa, der sich etwas verlegen im Nacken kratzt. „Äh ja, das wollte ich dir noch sagen …"

„Aber wir wollten in den Osterferien wegfliegen …", sagt Mudda und ihre Stimme klingt schon leicht gereizt.

„Nach Nepal zu Oma und Opa", erklärt der Troll, obwohl Hajo und Oskar gar nicht gefragt haben. Die Eltern von Mudda sind vor einigen

Jahren nach Nepal ausgewandert und leben da in einem buddhistischen Kloster. Sie schreiben uns öfter und schicken Fotos. Es sieht wunderschön dort aus. Mudda träumt schon lange davon, dass wir sie alle zusammen besuchen, und sie hat Papa deshalb zu Weihnachten extra eine Spardose in Form eines Buddhas geschenkt. Seitdem sparen wir, so gut wir können, für die Reise nach Nepal.

„Haben wir denn schon genug Geld zusammen?", frage ich vorsichtig. Die Osterferien fangen ja schon nächsten Freitag an. Mudda hat mal was von Last-Minute-Flügen gesagt, aber selbst die sind für vier Personen nach Asien nicht billig.

Papa guckt mich an, als hätte ich etwas zu seiner Rettung beigetragen. „Eine gute Frage, Lea!", sagt er wie ein Lehrer. Dann geht er ins Wohnzimmer und kommt mit der Spardose wieder. Und einem Hammer!

Oh ja, ganz offensichtlich ist die Buddha-Spardose ein Symbol! Nämlich dafür, wie wenig Geld wir gerade haben. „Mit 21 Euro kommt ihr nicht mal bis zum Flughafen", meint Oskar nicht gerade einfühlsam. Mudda stehen die Tränen in den Augen und Papa nimmt sie schnell in den Arm. „Dein Laden hat doch mehr gefressen, als er ausspuckt", sagt er, während er ihr über den Kopf streichelt. „Wir müssen uns noch eine Weile zurücknehmen. Vielleicht kann ich ja mit der Band ein bisschen was dazuverdienen und dann können wir in den Sommerferien fliegen." Mudda schnieft noch einmal und nickt dann aber. „Ich werde nachher mit meinen Eltern skypen", sagt sie enttäuscht.

Als Banker verdient Papa zwar nicht schlecht, aber sein Gehalt muss ja uns vier (und an manchen Abenden Hajo und Oskar) ernähren, außerdem eine teure Vierzimmeraltbauwohnung finanzieren und im Moment noch Muddas Laden unterstützen. Hinzu kommt, dass Mudda und Papa auf ein ökologisch wertvolles Leben achten, das heißt, sie kaufen fast nur Bioprodukte und Sachen aus fairem Handel. Leider ist so ein Leben ziemlich teuer. Und deshalb fehlt uns das Geld für Nepal. Total schade, ich hätte Oma Anna und Opa Thomas auch gern mal wiedergesehen.

Wir haben ein Uhr nachts und ich kann nicht schlafen. Zuerst dachte ich, es wäre vielleicht Vollmond (Mudda sagt, der Vollmond schlägt vielen Menschen auf die Psyche und dann schlafen sie schlecht). Ich bin extra aufgestanden und habe aus dem Fenster geguckt, aber da war weit und breit kein Vollmond, nur die helle Straßenlaterne. Unten ist ein Schatten in einen Hauseingang gehuscht und ich habe mich gefragt, wer so spät wohl noch unterwegs ist. Mir kamen gleich die gruseligsten Gedanken von Verbrechern und so. Schnell hab ich die Vorhänge wieder fest zugezogen, sodass jetzt fast kein Licht mehr hindurchscheint. Trotzdem schlafe ich nicht wieder ein, sondern denke ein bisschen nach. Nachts nachzudenken kann ziemlich gefährlich sein. Die Gedanken sind dann irgendwie nicht so nüchtern wie am Tag, vielleicht, weil man nachts einfach in einer ganz anderen Stimmung ist. Bei mir ist das jedenfalls so. Nicht dass ich ständig nachts wach liegen würde, aber gerade ist halt so eine komische Stimmung in mir. Irgendwie habe ich das Gefühl, mein Bett mit zwei

fetten Nashörnern zu teilen. Die machen sich voll breit. Am liebsten würde ich sie rausschmeißen, aber sie kommen ja doch immer wieder. Die Nashörner sind wie Haustiere, nur dass sie in meinem Kopf wohnen – also quasi Kopftiere. Wenn ich sie nicht beachte, machen sie extra viel Radau, bis sie meine Aufmerksamkeit haben. Besonders anstrengend waren sie, bevor wir zusammengekommen sind, Jan. Warum sich diese beiden Nashörner allerdings gerade jetzt in den Vordergrund drängen, weiß ich nicht.

Ich überlege, was ich dir zu unserem Monatstag schenken könnte. Wenn ich etwas von dir bekommen möchte, dann muss ich ja auch was für dich haben – aber was? Du bist großer Fußballfan und spielst selbst auch, vielleicht fällt mir da etwas ein. Zweimal die Woche trainierst du und Sonntagvormittag habt ihr dann ein Spiel. Leider hab ich mit Fußball so gar nichts am Hut. Ich hab mir Mühe gegeben und mal ein paar Bücher darüber gelesen. Und eigentlich wollte ich dir zur Seite stehen und dich anfeuern, damit du so richtig gut bist bei deinen Spielen. Aber nach dem zweiten Training hast du mir gesagt, dass deine Freunde lachen, wenn ich am Rand stehe. Pinky hat mich ausgeschimpft: „Auch wenn du jetzt eine Beziehung mit Jan hast, darfst du doch nicht zum Hündchen werden!" Und damit hat sie wirklich recht. Echt peinlich, wenn ich daran zurückdenke, dass ich dir in den ersten Wochen unserer Beziehung kaum von der Seite gewichen bin. Das ist zum Glück vorbei, ich denke, ich bin etwas vernünftiger geworden, seit Pinky mir ins Gewissen geredet hat. Mir ist es sogar ganz lieb, wenn ich jetzt nicht mehr beim Fußball dabei sein muss. Es reicht ja, wenn ich zu den wichtigen Spielen gehe.

Hoffentlich denkst du an unseren Monatstag, Jan. Vielleicht sollte ich Yasar mal dazu befragen. Er schenkt Kröten-Caro bestimmt was, und wenn nicht, dann könnte ich ihn vielleicht dazu bringen. Wenn du mitkriegst, dass dein bester Freund seiner Freundin etwas zum Monatstag schenkt, dann machst du das bei mir vielleicht auch! Allerdings gefällt mir die Vorstellung, ich könnte Kröten-Caro zu einem tollen Geschenk verhelfen, gar nicht. Das muss ich mir noch mal genau durch den Kopf gehen lassen.

Ich muss endlich schlafen! Mit geschlossenen Augen kuschele ich mich in mein Kissen. Jetzt bin ich nur noch halb wach … aber das mit den Modelmaßen war wirklich gemein von dir, Jan … woher willst du wissen, dass ich die nicht erreiche? Ich sag's ja, nachts kommen die blödesten Gedanken … ich wachse bestimmt noch ganz viel … ich … bin ja nicht dick … ich … ich schlafe …

Montag, 7. April

Obwohl am Freitag schon die Osterferien anfangen, ist es bei uns in der Schule zurzeit total anstrengend. Für mich bedeutet Schule immer Stress. Aber allen anderen geht es gerade ähnlich, glaube ich. Du hast auch viel zu tun, Jan, und deswegen sehen wir uns unter der Woche kaum. Montags und mittwochs hast du Fußballtraining und am Donnerstag trainierst du die E-Jugend, in der auch der Troll mitmacht. Da bleiben uns nur der Dienstag und der Freitag, wobei du am Dienstag meistens lernst, weil du ja an den anderen Tagen nicht so viel Zeit hast. Nicht dass du ein Streber wärst, aber deine Noten sind trotzdem gut. Vielleicht bist du ein Wunderkind? Na ja, wir wollen mal nicht übertreiben – ich denke, du bist ein ganz normaler Junge. In Mathe jedenfalls bist du nicht so spitze, deshalb kannst du mir da auch nicht helfen. Apropos Mathe – am Mittwoch schreiben wir die nächste Arbeit, ich bin schon ziemlich aufgeregt, weil ich trotz der Erklärungen von Yasar nicht viel verstehe. Dabei gibt Yasar mir oft Nachhilfe – er macht das ziemlich gern – was mich überhaupt nicht wundert.

Toll! Mudda sollte mir mal eine Prämie zahlen, aber daran denkt sie überhaupt nicht. Meine Belohnung sei die gute Note – wow, was für ein Anreiz! Allerdings brauche ich ziemlich dringend eine gute Note, denn heute war in der Schule ein rabenschwarzer Tag: Wir haben die Französischarbeit zurückbekommen und was habe ich? Eine FÜNF! Ich verstehe das gar nicht – ich habe viel gelernt und hatte ein richtig gutes Gefühl. Aber leider hab ich viele Rechtschreibfehler gemacht und deshalb hat Frau Semmel mir eine Fünf reingewürgt.

Irgendwie kann ich sie nicht leiden – bei ihr ist es genauso, glaube ich. Wir haben sie nämlich auch in Bio und da hat sie mir vor Kurzem eine Fünf in mündlicher Mitarbeit gegeben. Bislang hatte ich nie Probleme in Bio, ich saß einfach da und habe versucht, dem Unterricht mit einem möglichst intelligenten Blick zu folgen. Frau Semmel meint, genau das sei das Problem. „Du bist stinkfaul, Lea Kirchberger", hat sie vor der ganzen Klasse gesagt und ich bin fast in Tränen ausgebrochen. Ich meine, so was darf ein Lehrer doch nicht einfach sagen, oder? Es stimmt nämlich überhaupt nicht – ich bin nicht faul, sondern schüchtern! Aber das verstehen Leute, die den ganzen Tag vor 25 Schülern eine Performance hinlegen müssen, eben nicht. Frau Semmel ist einfach unsensibel, sonst würde sie erkennen, dass mein Arm immer genau dann, wenn ich ihn in die Luft strecken möchte, wie gelähmt ist. Die anderen in meiner Klasse mögen Moni Semmel auch nicht, sie ist nämlich die einzige Lehrerin, die über die Ferien etwas aufgibt. Wir haben jeder einen Bohnenkern bekommen, den wir in ein Glas mit Erde einpflanzen und beobachten und (am besten jeden Tag!) notieren sollen, wie er sich entwickelt. Ich muss leider sagen, dass sich Frau Semmel mit diesen letzten Aktionen noch vor Frau Sauerwein auf Position eins meiner Hass-Lehrer geschoben hat.

Platz 1: Moni Semmel   Platz 2: Heike Sauerwein

Heike Sauerwein – Deutsch und Englisch, meine Klassenlehrerin –, streng und nervig, leitet außerdem die Girl&Boy-Power-AG.

Die einzige Lehrerin, die ich mag, ist Frau Müller. Sie sagt nie blöde Sachen zu mir. Hoffentlich gewinnt Frau Müller am Ende des Schuljahres den Preis für mehr Engagement an unserer Schule. Diesen Wettbewerb hat Direktor Broll letztes Jahr vor den Sommerferien ausgerufen, damit die Lehrer aktiver werden und mehr AGs anbieten. Frau Sauerwein hat deshalb die Theater-AG und die Girl&Boy-Power-AG für mehr Selbstbewusstsein ins Leben gerufen. In beiden hab ich mal mehr oder weniger mitgemacht, aber reden wir lieber nicht darüber. Frau Semmel leitet die Umwelt-und-Garten-AG und Frau Müller macht nichts außer der Theater-AG. Aber sie ist einfach die Netteste und deshalb soll sie gewinnen! In der letzten Woche vor den Sommerferien findet ja an unserer Schule die Projektwoche statt. Dann will ich unbedingt in die Gruppe von Frau Müller. Ich bin schon gespannt, was sie anbietet, nach den Osterferien hängen die Listen aus und dann kann man sich eintragen. Gehen wir in die gleiche Gruppe, Jan? Das wäre schön …

Ich weiß noch nicht, wie ich Mudda und Papa die ganzen Fünfen beibringen soll. Die in Bio hab ich auch noch nicht gesagt, denn Anfang März hatte ich schon mal eine Fünf in einem unangekündigten Bio-Test. Damals hat Mudda gemeint, ich sei im Liebestaumel gewesen und es sei nicht so schlimm. Aber jetzt sind wir ja schon so lange zusammen, Jan, dass das wohl nicht mehr zählt, oder? Ich könnte natürlich sagen, dass ich vor Liebestaumel vergessen habe, mich zu melden, aber das findet Mudda bestimmt nicht mehr lustig. Im Gegenteil, in dieser Hinsicht ist sie wie Moni Semmel, sie kann überhaupt nicht verstehen, wieso ich keinen Mut habe, mich zu melden. Meine Schüchternheit habe ich wohl von Papa geerbt. Wobei der ja jetzt mit seiner Band die Riesenauftritte feiert – ich bin wohl vollkommen aus der Art geschlagen. Na gut, Jan, dir kann ich's ja sagen: Es ist nicht nur Schüchternheit. Meistens ist der Unterricht so langweilig, dass ich einfach keine Lust habe, mitzumachen. Das kennst du bestimmt …

Wie Yasar Mudda schon angekündigt hat, machen wir heute die Mathe-Extranachhilfe. Ziemlich schweigsam versuche ich, eine Aufgabe zu lösen. Das liegt zum einen daran, dass ich nicht wirklich verstehe, was ich da mache, und mich stark konzentrieren muss. Zum anderen aber geht genau das nicht, denn Yasar hat mich gerade irgendwie verlegen gemacht.

Als er in mein Zimmer kommt, fällt sein Blick auf das riesige Tim-Bendzko-Poster. „Aha, auf solche stehst du", stellt er grinsend fest.

„Jan meint, er sieht ihm ähnlich", erwidere ich und muss im gleichen Augenblick losprusten.

Auch Yasar muss lachen. „Wenn du ein Poster von Elyas M'Barek aufhängst, denke ich, du stehst auf mich", sagt er.

„Das wird nicht passieren", erwidere ich schnell. Elyas M'Barek sieht zwar gut aus, aber er ist viel zu alt für meine Zimmerwand. „Und welchem Star sehe ich ähnlich?", überlege ich laut. Hoffentlich sagt Yasar jetzt Emma Watson …

Er sieht mich lange an. Ihm scheint niemand einzufallen, na toll. „Du bist einfach du", sagt er schließlich. „Du bist selbst der Star."

Dass mir in diesem Moment die Kinnlade runterklappt, konnte ich zum Glück gerade noch verhindern. Ich meine, Yasar hat das nur so nebenbei gesagt und dann die Mathesachen rausgeholt. Er hat das wahrscheinlich gar nicht ernst gemeint. Trotzdem hab ich mich irre gefreut und gleichzeitig war ich auf einmal verlegen, gerade weil ich mich so doll gefreut habe. Yasar ist echt nett.

„Ich muss für Jan übrigens noch ein Geschenk zu unserem Monatstag besorgen", sage ich auf einmal mitten in der Aufgabe und Yasar seufzt. „Shit, ich hab auch noch nichts für Caro. Am 15. April ist ja unser Monatstag."

Innerlich jubiliere ich. Yasar schenkt Kröten-Caro also was! Das heißt, ich bekomme von dir bestimmt auch was – schließlich wirst du deinem Freund in nichts nachstehen wollen …

Plötzlich reißt mir Yasar den Stift aus der Hand. „Oh Mann, Lea, wenn du die ganze Zeit an Jan denkst, ist es kein Wunder, dass du keine einzige Aufgabe lösen kannst."

Mir doch egal – ich weiß jetzt, dass du mir etwas zum Monatstag schenken wirst. Und Mathe ist eh … na, du weißt schon.

Mudda hatte heute eine tolle Neuigkeit für uns. Sie hat ja gestern noch mit Oma Anna und Opa Thomas geskypt und ihnen erzählt, dass wir kein Geld haben, um sie zu besuchen. Die beiden waren natürlich ziemlich enttäuscht. Heute haben sie dann noch mal geskypt und vorgeschlagen, dass sie uns besuchen kommen. Sie wollen im buddhistischen Zentrum in der Stadt Meditationskurse und Vorträge halten, das haben sie früher auch oft gemacht und dort freue man sich schon auf sie. Du hättest mal Muddas strahlende Augen sehen sollen. Das buddhistische Zentrum ist quasi ihre zweite Heimat, sie geht regelmäßig zum Meditieren dorthin. Wir mussten versprechen, dass wir mal mitkommen, wenn die beiden da sind. Natürlich machen wir das, auch wenn ich mich mehr auf Oma und Opa freue als auf ihren Meditationskurs.

„Vielleicht können Anna und Thomas in der Wohnung unter uns wohnen", meint Papa und Mudda sieht ihn liebevoll an. Dann streichelt sie ihm über den Oberarm. „Das wäre schön", sagt sie und bekommt gleich darauf ein etwas schuldbewusstes Gesicht. „Ich rechne dir das wirklich hoch an – wo ich mich doch so aufgeregt habe, als deine Mutter da unten eingezogen ist."

Oh ja, als Oma Marion nach Weihnachten verkündet hatte, dass sie unten einzieht, hing bei uns für einige Zeit der Haussegen schief. Der Unterschied zwischen Muddas Eltern und Papas Mutter ist jedoch, dass Oma Anna und Opa Thomas wieder abreisen, während Oma Marion für immer bleiben wollte. Am Ende wurde Hans Goldeisen der neue Mieter. Beim Einzug hat auch Tante Conny geholfen. Was man als Backgroundsängerin so alles machen muss …

Hans Goldeisen ist ein ziemlich eingebildeter Schlagerstar. Einfach überheblich, wie er Papa niedergebügelt hat – von wegen, er mit seinen Tourneen und Papa mit Hajo und Oskar seien wohl eine Amateurband, wenn sie nicht mal einen Namen haben. Oma Marion hat bekräftigend genickt, da sie Goldeisen anbetet und sowieso überglücklich ist, dass er ihr sein Vertrauen und den Wohnungsschlüssel geschenkt hat. Seitdem hebt sie ihn und Tante Conny noch mehr in den Himmel und da ist es nicht verwunderlich, dass Papa sich ärgert. Seit ich denken kann, steht er musikalisch in Connys Schatten, nur weil die im Schatten von Hans Goldeisen steht. Das ist doch nicht fair! Ich meine, Papas Musik ist tausendmal besser als die von Tante Conny und Hans Goldeisen.

Jedenfalls will Papa jetzt Oma Marion fragen, ob Muddas Eltern eine Zeit lang in Goldeisens Wohnung leben können, solange er nicht da ist. Sonst müssten sie in unserem Wohnzimmer schlafen, und das wird auf die Dauer natürlich eng. Ich bin mal gespannt, was Oma Marion sagt.

Dienstag, 8. April

Ahhh! Es ist etwas Furchtbares passiert. Na ja, ob es wirklich furchtbar ist, wird sich morgen herausstellen, aber ich habe ein ziemlich schlechtes Gefühl.

Vorhin habe ich einen Bericht über Tim Bendzko im Fernsehen gesehen. Er ist sooo süß! Ich verstehe überhaupt nicht, wie das passieren konnte. Wieso hat er mich plötzlich so gepackt? Ich habe gerade alles über ihn im Internet gelesen. Er hat früher auch Fußball gespielt, vielleicht habt ihr ja doch ein bisschen Ähnlichkeit, Jan. Jedenfalls gab es auch ziemlich viele Videos auf Youtube und ich habe gar nicht gemerkt, wie die Zeit verging. Hier ein kleines Fünf-Minuten-Interview, dort ein Konzertauftritt – plötzlich war es schon 18 Uhr. Und ich sollte doch Mathe lernen! In meiner Panik hab ich Pinky angerufen. Die meinte, ich solle zu ihr kommen und wir üben noch ein bisschen zusammen. Allerdings hatte Pinky schon den ganzen Nachmittag gepaukt, und als ich kam, brauchte sie dringend eine Pause. Deshalb hab ich ihr erst mal alles von Tim Bendzko erzählt. Und jetzt kommt es.

Pinky sitzt auf ihrem Bett und hört mir interessiert zu. Sie findet, dass Tim Bendzko wie ein kleiner Junge aussieht, und seine Lieder gefallen ihr auch nicht, aber das tut jetzt nichts zur Sache. Also, Pinky verschränkt die Hände hinter ihrem Kopf und lehnt sich gegen die Zimmerwand. „Das klingt gar nicht gut, Lea", sagt sie seufzend.

„Wieso?", frage ich verständnislos zurück. „Nur weil du Tim Bendzko blöd findest!"

Doch Pinky winkt ab. „Das ist egal. Jeder hat seinen eigenen Geschmack. Aber so wie du gerade redest, hört sich das an, als hättest du dich verliebt."

Jetzt muss ich lachen. Ich? In Tim Bendzko? Verliebt? Niemals! Ein Nashorn in mir beginnt wütend mit den Hufen zu scharren …

„Und wenn du in Tim Bendzko verknallt bist, bedeutet es, dass du nicht mehr in Jan verliebt bist", fügt Pinky hinzu. Plötzlich habe ich das Gefühl, als hätte sie mein Nashorn k. o. geschlagen. Ich schnappe nach Luft. Pinky spinnt doch total – die ganzen Zahlen heute Nachmittag haben wohl ihr Gehirn vernebelt und ihr jeglichen Realitätssinn geraubt. „Selbst wenn ich mich ein bisschen in Tim Bendzko verguckt haben sollte, hat das überhaupt nichts mit Jan zu tun!", schnaufe ich empört.

Pinky wiegt bedeutungsvoll den Kopf hin und her, sie sieht richtig besorgt aus. „Ich denke doch. Man kann nicht in zwei Menschen gleichzeitig verliebt sein."

Ich stemme die Hände in die Hüften. „Kann man wohl!", rufe ich empört. „Und außerdem bin ich nicht in Tim Bendzko verliebt. Das ist lächerlich!"

„Warum redest du dann ununterbrochen von ihm, seit du hier bist?", fragt Pinky.

„Weil … weil … Ich verehre seine Musik!" Das ist es – natürlich! Tim Bendzko ist ein begnadeter Musiker, was auch sonst? Nur weil

Pinky keinen Sinn dafür hat, lasse ich mir doch von ihr nichts anderes einreden.

„Würdest du seine Musik auch mögen, wenn du ihn nicht so hübsch fändest?", bohrt Pinky weiter, doch ich kann nur noch lachen. „Und wenn er hässlich wie die Nacht wäre – ich würde mir trotzdem alle seine Lieder anhören!", sage ich voller Überzeugung.

Pinky grinst. „Und alle Videos anschauen und darüber die Mathearbeit morgen vergessen …"

Au – das war ein Magenschwinger! Ich bekomme sofort ein flaues Gefühl im Bauch. „Los, wir rechnen jetzt noch ein paar Aufgaben", sagt Pinky und kurz darauf sitzen wir an ihrem Schreibtisch.

Mittwoch, 9. April

Übler Tag! Ganz übler Tag ...

 Donnerstag, 10. April

Noch viel schlimmerer Tag ...

Freitag, 11. April

Die letzten zwei Tage war ich unfähig zu schreiben.

Natürlich hab ich die Mathearbeit gehörig versaut – Herr Schmidt ist die ganze Zeit durch die Reihen gelaufen und hat aufgepasst wie ein Schießhund. Da war Abschreiben leider unmöglich. Voll gemein von ihm, er muss doch wissen, wie das früher war ... aber wahrscheinlich hatte er nie Probleme in Mathe, sonst wäre er ja nicht Mathelehrer geworden.

Auf jeden Fall hat Herr Schmidt Schlafprobleme, denn er hat noch in der darauffolgenden Nacht die gesamte Arbeit korrigiert und sie uns am nächsten Tag zurückgegeben. Tolles Osterei – jetzt sind es schon drei Fünfen, die ich Mudda und Papa beichten muss. Es wird nicht besser ...

Yasar war enttäuscht – ich weiß nicht so genau, was ihn mehr gefrustet hat: dass seine Nachhilfestunden nicht zu helfen scheinen oder dass ihm die fünf Euro Prämie von Mudda durch die Lappen gehen. Egal, er hat versucht, sich nichts anmerken zu lassen, als ich es euch in der Pause erzählt habe. Du hast mich in den Arm genommen und gemeint, das könne doch mal passieren. Stimmt, aber du weißt ja genauso gut wie ich, dass es mir andauernd passiert. Deswegen war ich ziemlich down und das haben alle gemerkt. Sogar Kröten-Caro hat ein bisschen Taktgefühl bewiesen und nur ganz kurz mit ihrer Eins minus angegeben, dann hat sie auf einen Blick von Yasar hin geschwiegen. Aber ich habe genau gesehen, wie sie genervt mit den Augen gerollt hat. Julia und Paula haben auch ihr Bestes gegeben, um mich zu trösten.

Eine Drei minus! Meine absolute Traumnote … ich war sogar neidisch auf Pinkys Vier minus, obwohl sie sich auch etwas Besseres erhofft hatte. Aber Vier gewinnt – mit einer Vier minus wird man versetzt, bei einer Fünf kann es kritisch werden. Ich muss langsam anfangen nachzudenken, wie ich das alles wieder ausgleichen soll.

Zum Glück sind ab heute Ferien. Dann hab ich endlich mal zwei Wochen Ruhe. Yasar habe ich geschrieben, dass ich in den Ferien keine Nachhilfe haben will. Als Antwort schickt er mir ein Lied von Tim Bendzko: *Am seidenen Faden … hängt deine Mathenote!* steht darunter und dass ich auf jeden Fall dranbleiben müsse. Na, super!

Als ich mittags nach Hause komme, ist Papa noch auf der Bank und Mudda arbeitet im Laden. Der Troll isst bei einem Freund und ich mache mir eine Pizza warm.

Später fahre ich zu dir.

Dein Vater öffnet mir die Haustür. „Lea!", ruft er erfreut. „Wie geht's dir?" Dann schaut er mich zerknirscht an. „Bist du mir noch böse?"

Er stellt mir immer diese eine Frage – seit Wochen. Also, genau genommen, seit dieser Nashorn-Comic von mir auf der Kinderseite seiner Zeitung abgedruckt wurde. Deshalb hat er natürlich keine Schuldgefühle – ich meine, hey, wer in meinem Alter hat schon einen Comic in der Zeitung veröffentlicht? Du weißt ja, wie das alles abgelaufen ist, Jan, dir habe ich das immerhin zu verdanken. Aber ich muss sagen, dass es mich langsam nervt, wie übertrieben schuldbewusst dein Vater mich immer anschaut, nur weil er seitdem keinen Nashorn-Comic mehr in seiner Zeitung untergebracht hat. Ich habe ihm Anfang März noch die restlichen gezeigt, die ich gezeichnet hatte, aber sie haben ihm wohl nicht so zugesagt. Er meinte, er wolle nicht nur Nashörner auf seiner Kinderseite, sondern auch andere Figuren, und außerdem habe er eine ganz tolle neue Comiczeichnerin aufgetrieben und so weiter … das ist zwar schade für mich, doch ich habe ihm längst verziehen. Nur jetzt fügt er tatsächlich noch etwas hinzu, das meine grandios schlechte Laune so richtig abrundet: „Ich glaube, es war eine gute Entscheidung, dass du keine weiteren Comics für uns zeichnest. Du musst dich jetzt voll und ganz auf deine schulischen Leistungen konzentrieren!"

WIE BITTE? Ich schaffe es gerade noch, ihm halbwegs freundlich ins Gesicht zu lächeln, dann stürme ich wutentbrannt an ihm vorbei die Treppe hinauf in dein Zimmer.

Du gehst gar nicht auf meine Frage ein, sondern bist total geschockt, weil viel zu viel Futter im Aquarium gelandet ist, auf das sich die Fische gierig stürzen. „Oh Gott, ich muss sofort das Wasser wechseln!", brüllst du panisch und beachtest mich in der nächsten Viertelstunde nicht mehr. Wie Luft sitze ich in der Ecke, nachdem ich „Tut mir leid!", gestammelt habe. Warum muss immer alles Blöde auf einmal passieren? Am besten fahre ich wieder nach Hause und lege mich gleich ins Bett, dann kann nichts mehr schiefgehen. „Wenn jetzt meine Fische sterben, bist du schuld", sagst du wenig später. Ich traue mich schon gar nicht mehr, meine Frage von eben zu wiederholen – was sind schon ausgeplauderte Noten gegen tote Fische?

Trotzdem bin ich natürlich noch sauer und zwischen uns herrscht dicke Luft. „Was hast du vorhin eigentlich gesagt?", fragst du irgendwann.

„Nichts!", antworte ich missmutig. „Außer, dass ich es unmöglich finde, dass du mit deinen Eltern über meine Noten redest."

„Och Lea, ich weiß, du hast immer noch schlechte Laune wegen Mathe", sagst du.

„Aber das brauchst du nicht an mir auszulassen. Und auch nicht an meinen Fischen."

Ich zeige dir einen Vogel. Du tust ja gerade so, als hätte ich die Futterdose ins Aquarium geworfen. „Was kann ich denn dafür, dass Yasar dir nichts beibringen kann?", eiferst du dich weiter. „Vielleicht brauchst du mal einen gescheiten Nachhilfelehrer."

Ich soll den Nachhilfelehrer wechseln? So weit kommt's noch!

Yasar gibt sich Mühe und ich bestrafe ihn dafür. Nein, ich weiß ja, dass es an mir liegt und nicht an Yasar.

Du setzt dich auf dein Bett und klopfst mit der flachen Hand neben dich. Schnell setze ich mich dorthin, und als du deinen Arm um mich legst, drücke ich mein Gesicht an dein T-Shirt und muss ein bisschen heulen. „Schule ist echter Scheiß!", schluchze ich. „Ich weiß einfach nicht, wie ich das alles packen soll." Und das meine ich genau so, wie ich es sage. Ich bin ja nicht dumm (außer vielleicht in Mathe …) – aber so viele Fächer gleichzeitig, und ständig schreiben wir Arbeiten und Tests und überhaupt … wie soll man denn da hinterherkommen? In der ersten Woche nach den Ferien schreiben wir schon die nächste Englischarbeit und Französisch muss ich auch mehr lernen – ICH HASSE DAS.

„Nach Ostern hast du ganz viel Zeit zum Lernen", sagst du. „Da fahre ich nämlich mit meinen Eltern nach Wien. Sie haben das ganz kurzfristig gebucht."

Toll, ich heule, weil Schule mich so anstrengt, und dir fällt nichts Besseres ein, als mir quasi zu empfehlen, noch mehr zu lernen. Sehr einfühlsam! Ich ziehe ein langes Gesicht.

Dass du dann die zweite Ferienwoche weg bist, finde ich auch voll blöd. Pinky fliegt morgen mit ihren Eltern für zwei Wochen nach England – das werden die schnarchigsten Ferien überhaupt … ich vermisse dich jetzt schon!

„Aber an unserem Monatstag bist du noch da, oder?", frage ich schniefend.

Du lachst. „Unser Monatstag? Wann ist der denn?"

Dafür hast du Haue verdient, aber so richtig – ich weiß zwar nicht so genau, ob du nicht doch nur Spaß machst, aber ich fange einfach mal an, auf dich einzuschlagen. Du versuchst, meine Übergriffe abzuwehren, und schließlich rollen wir auf dem Bett herum und es wird so eine Mischung aus Schlagen, Küssen und Kuscheln … sozusagen ein Kuschelkampf – oder Kampfkuscheln, je nachdem, wie man es sehen will. Auf jeden Fall bin ich wieder glücklich, als wir später in den Park fahren und mit den anderen auf der Wiese eine Partie Wikingerschach spielen.

Samstag, 12. April

Ich weiß jetzt, was ich dir zu unserem Monatstag schenke, Jan. Und zwar werde ich dir eine CD mit meinen Lieblingsliedern brennen. Da kommt ganz viel Silbermond drauf und Tim Bendzko. Und die Hülle werde ich ganz toll bemalen.

Obwohl ich Pinky versichert habe, dass ich Tim Bendzko nur als

Musiker verehre, gucke ich mir die ganze Zeit seine Bilder im Internet an. Er ist einfach so supertoll, aber dann fällt mir immer ein, was Pinky gesagt hat. Von wegen, dass ich vielleicht nicht mehr in dich verliebt bin, wenn mir Tim Bendzko so viel bedeutet. Aber er ist ein Star und ich frage mich, ob man in einen Star überhaupt verliebt sein kann. Also, bei der Vorstellung, ihm auf der Straße zu begegnen, bekomme ich schon Herzklopfen. Vielleicht ist da auch irgendwo ein kleines Nashorn, ich weiß es nicht. Auf jeden Fall ist es mir ziemlich peinlich! Vor Pinky vermeide ich es, noch mal über Tim Bendzko zu reden, und bei Paula und Julia lasse ich mir möglichst auch nichts anmerken. Das ist ziemlich schwer, denn die beiden reden andauernd von ihm.

Pinky hat mich ausgelacht, weil sie mich sofort durchschaut hat, aber Julia, Paula und Frido waren meine Gefühle für Tim Bendzko egal. Mich nervt es ehrlich gesagt, wie hoch Pinky das hängt – hallo, darf man nicht mal bei einem Popstar ausflippen? Das Schlimme ist allerdings nicht, dass Pinky es so dramatisch sieht, sondern dass sie es tatsächlich geschafft hat, mir damit Schuldgefühle zu machen. Ich habe dir gegenüber ein richtig schlechtes Gewissen, Jan, und deshalb habe ich das Poster in meinem Zimmer wieder abgehängt. Jetzt geht es mir schon besser, aber ich muss trotzdem voll oft an Tim Bendzko denken, das ist so ALBERN! Und ich kann mit niemandem drüber reden, nicht mal mit Pinky, weil ich ja vor ihr behauptet habe, dass mir nur seine Musik gefällt.

In meiner Not wende ich mich an Mudda. Sie arbeitet ja auch noch als Lebensberaterin und bietet im Hinterzimmer ihres Buddha-Mudda-Ladens ihre Universum-Therapie an, zu der keiner kommt. Vielleicht kann sie mich ja trotzdem mal eben von meinem Tim-Bendzko-Syndrom heilen. Ich erzähle ihr wie nebenbei davon, während wir uns für das Frühlingsfest zurechtmachen. Papa ist schon unterwegs, er spielt heute mit seiner Band dort (sie haben immer noch keinen Namen). Mudda bindet sich ein buntes Tuch in die Haare und sieht sich dabei aufmerksam im Spiegel an. „Es ist nicht schlimm, dass du Tim Bendzko anhimmelst", sagt sie lächelnd und ich bin sofort beruhigt. Mudda hat einfach viel mehr Ahnung als Pinky. „Aber eine Bedeutung hat es natürlich schon." Mudda macht eine Pause, während sie in ihre Stoffschuhe schlüpft.

„Ja, und welche?", frage ich ungeduldig.

„Das weiß ich doch nicht. Du musst es selbst herausfinden. Vermutlich irgendeine ungestillte Sehnsucht in deiner Beziehung mit Jan. Vielleicht solltet ihr mal zusammen meditieren!", schlägt Mudda allen Ernstes vor und ich ziehe mein Urteil von eben zurück. Mudda hat null Ahnung! Wenn ich dir eine Meditation vorschlage, lachst du mich garantiert aus.

„Tiihiim! Wir wollen los!", ruft Mudda. Mir fällt auf, dass mein Bruder und Tim Bendzko etwas gemeinsam haben: den Vornamen! Das war's aber auch schon, oder? Der Troll spielt ja auch Fußball und seit Neuestem interessiert er sich auch für Musik. Trällernd kommt er aus seinem Zimmer heraus. „Hau auf die Leberwurst!", singt er voller Inbrunst, und Mudda und ich gucken uns verdutzt an. Die Melodie kommt mir bekannt vor. Mudda lacht. „Soll das *Hope of deliverance* von Paul McCartney sein?", fragt sie. Papa hat das mit Hajo und Oskar gestern noch einstudiert, weil sie nicht genügend eigene Lieder für das Frühlingsfest haben. Beim Troll muss das irgendwie falsch angekommen sein, auch wenn er vom Gegenteil überzeugt ist.

„Papa hat *Hau auf die Leberwurst* gesungen!", behauptet er immer noch, als wir schon längst in der Bahn sitzen. „Ich muss mal mit Papa reden", meint Mudda. „Er muss an seiner Aussprache feilen …"

„Ich glaube, es liegt eher an den Ohren vom Troll", sage ich.

Auf dem Frühlingsfest ist schon ordentlich was los. Kein Wunder, es ist ein sonniger Tag, die Leute drängen sich durch die Straßen, bleiben hier und da an den Verkaufsständen und Imbissbuden stehen. Am Ende der Straße ist eine kleine Bühne aufgebaut, auf der Papa, Hajo und Oskar bereits spielen. Ein paar Leute stehen davor und wippen im Takt der Musik. Ich entdecke vor allem Frauen, die irgendwie verzückt aussehen. Und wie die Papa anstarren – was soll das denn? Glauben die etwa, dass er noch zu haben ist? Falsch gedacht –

vielleicht haben sie ja bei Hajo und Oskar mehr Glück. Wobei die nicht so gut aussehen ... na ja, wirklich attraktiv ist Papa jetzt auch nicht, aber besser als Oskar und Hajo sieht er allemal aus. Und Frauen sollen ja immer auf den Sänger einer Band abfahren, hab ich mal gehört. Vielleicht finde ich deshalb auch Tim Bendzko gut?

Wir treffen dich vor der Bühne und begrüßen uns. Dann lauschen wir der Musik. Ich muss sagen, Papas Band wird immer besser und ich bin richtig stolz auf ihn. Jetzt stimmen sie gerade das Lied von Paul McCartney an. Papa beginnt zu singen, und als er zum Refrain kommt, stockt mir der Atem. „Er singt tatsächlich *Hau auf die Leberwurst*", flüstere ich Mudda zu und sie nickt. „Ja, unglaublich!"

„Hab ich doch gesagt!", ruft der Troll stolz. „*Hau auf die Leberwurst ...*", trällert er laut mit und ein paar Leute um ihn herum gucken ihn irritiert an, auch du.

„Hörst du es nicht?", frage ich und du schüttelst den Kopf. Nach einer Weile lachst du verblüfft auf. „Jetzt höre ich es auch."

Anscheinend verstehen es auch noch ein paar andere, denn plötzlich lachen viele, und drei Frauen, die wohl ein bisschen beschwipst sind (wir haben nicht mal zwölf Uhr mittags, hallo?), singen laut und schief mit.

„Oh nein!", sagt Mudda kopfschüttelnd. „Hoffentlich kriegt Papa das nicht mit. Er macht das ansonsten echt gut." Sie schaut auf die Uhr. „Ich muss in den Laden, Gaby ablösen." Sie wirft ihre Handtasche über die Schulter und wuschelt dem Troll durch die Haare. „Ihr kommt klar, ja? Tim, du kannst nachher zu Papa, sie spielen nicht mehr so lange. Tschüss, ach ja … das hätte ich fast vergessen …" Sie zieht einen Packen gelber Flyer aus ihrer Handtasche hervor und drückt jedem von uns einen Stapel in die Hand. „Wenn ihr die noch verteilen könntet … das wäre super!"

Dann verschwindet sie. Du guckst auf die Zettel mit der Werbung für den Buddha-Mudda-Laden. „Läuft wohl immer noch nicht, was?"

Ich nicke. In diesem Moment tönt Papas fröhliche Stimme von der Bühne her: „Wart ihr eigentlich schon im Buddha-Mudda-Laden? Nein? Da müsst ihr unbedingt hin. Die Adresse steht auf den Flyern, die meine Kinder hier verteilen … Nicht wegschmeißen, da gibt es tolle Dinge zu kaufen. So, und jetzt geht es weiter …"

„Oh nein, wie peinlich!", stöhne ich und du nickst. Dann gucken wir uns an – und gucken den Troll an – und wieder uns und wir denken beide das Gleiche.

Du legst unsere Flyer auf den Stapel vom Troll. „Tim, super, dass du die jetzt alle verteilst", sagst du und der Troll sieht dich an, als hättest du ihn soeben verraten. Doch plötzlich grinst er. „Ich weiß einen Trick." Und schon rennt er durch die Menge und schmeißt immer mal wieder einen kleinen Stapel Blätter in die Luft. Bald regnet es gelbe Flyer.

Später gehen wir noch an einem Stand Pommes essen, und als endlich die nächste Band spielt, wollen wir den Troll bei Papa abgeben. Die Band packt gerade hinter der Bühne ihre Sachen zusammen, doch ich sehe nur Hajo und Oskar. „Wo ist denn Papa?", frage ich. Oskar zeigt mit dem Finger zu unserem kleinen Fiat Panda. Dort steht Papa und schreibt eifrig Autogramme. Es sind die drei beschwipsten Frauen von vorhin und Papa lacht mit ihnen, als fände er sie toll. Grimmig laufe ich zu ihm hinüber. „Ich bringe dir deinen Sohn!", sage ich ganz laut, doch anscheinend interessiert sich keiner dafür, dass Papa Kinder hat. „Deine Frau ist schon im Laden!", füge ich hinzu, aber diese gackernden Hühner haben nicht mal Respekt davor, dass Papa verheiratet ist. „Wann ist denn das nächste Konzert? Wir kommen auf jeden Fall!", kichern sie, und das einzig Gute, was ich daraus schließe: Wenn Frauen Anfang 40 sich so benehmen, dann darf ich mit 14 hundertmal in Tim Bendzko verliebt sein. Wobei ich natürlich nicht so sein will wie die. „Gott, sind die aufdringlich!", raune ich dir zu und du nickst grinsend. „Papa!" Der Troll benimmt sich plötzlich wie ein kleines Kind. Anscheinend hat auch er die weibliche Gefahr erkannt. Papa legt den Arm um ihn. „Das ist mein Sohn!", sagt er stolz, dann zeigt er auf mich und dich. „Und das meine große Tochter und ihr Freund. Ja, ich bin ein glücklicher Familienvater!"

„Ooooh!", entfährt es zwei der Frauen und sie kichern schon wieder. Plötzlich kommt Hajo mit einem gigantischen Blumenstrauß und gibt ihn Papa. „Der wurde gerade für dich abgegeben!", grinst er und jetzt ist Papa wirklich baff. „Wow, von wem denn?"

„Vom Blumenladen, es ist aber eine Karte dabei." Papa sucht in dem Strauß nach der Karte und irgendwie erinnert er mich gerade ein bisschen an Tante Conny. Vermutlich, weil man hinter den Blumen nicht so viel von ihm sieht. „Uuh, eine Verehrerin", feixen die angeheiterten Damen. Hoffentlich verschwinden die bald mal. Papa hat inzwischen ein kleines Kärtchen zwischen den leuchtenden Blumenköpfen hervorgefischt. *Von deinem größten Fan*", liest er laut vor. „Sonst steht da nichts. Merkwürdig. Ich wusste gar nicht, dass ich schon so viele Fans habe …"

„Sie sind ja auch einfach wundervoll", säuselt eine Frau mit besonders tiefem Ausschnitt. Einfach widerlich, wie sie Papa umgarnt.

„Es muss eine Frau mit Geld sein", meint Hajo. „Der Strauß war sicher nicht billig."

„Dann scheidet Mudda schon mal aus", werfe ich ein. „Sie würde wahrscheinlich auch eher einen selbst gepflückten Feldstrauß auswählen und ihn dir persönlich überreichen."

„Vielleicht Oma?", rätselt der Troll. Papa lacht bitter auf. „Oma ist ganz sicher nicht mein größter Fan. Sie war noch auf keinem einzigen Konzert. Aber morgen kommt sie zum Kaffee."

Wir überlegen noch eine Weile, wer die ominöse Schenkerin sein könnte, aber es fällt uns niemand ein. Die Vorstellung, dass Papa eine heimliche Verehrerin hat, macht mich rasend. Gut, solange sie im Verborgenen bleibt, ist alles okay, aber wehe, sie macht sich richtig an Papa ran – dann bekommt sie es mit mir höchstpersönlich zu tun!

Sonntag, 13. April

Mudda und Papa hatten gestern noch Streit – mal wieder. Seit sie ihre Paartherapie machen, beteuern sie sich zwar öfter mal, wie sehr sie sich lieben, doch ihre Streitereien sind deshalb nicht weniger geworden. Hajo sagt deshalb manchmal dieses eine Sprichwort. Das allerdings lautet: *Was sich liebt, das neckt sich,* und nicht: *Was sich liebt, das schreit sich an*. Na ja, jedenfalls hat Papa gestern voller Stolz seinen fetten Blumenstrauß präsentiert und zuerst hat Mudda gutmütig gelacht, es sah fast so aus, als würde sie sich mit ihm freuen. Doch dann hat Papa immer mehr angegeben mit seinen drei dusseligen Verehrerinnen und ich muss sagen, er hat schon ziemlich übertrieben.

So war es wirklich. — Papas Erzählung.

„Dann hast du jetzt ja freie Auswahl!", hat Mudda irgendwann gesagt und das Wohnzimmer verlassen. „Was hat sie denn?", hat Papa verwundert gefragt und ich konnte nur den Kopf schütteln. Ist das bei dir eigentlich auch so, Jan, dass du deinen Eltern ständig was erklären musst? „Sie ist eifersüchtig!"

„Ach so!", lacht Papa. „Völlig grundlos …"

„Sag das Mudda!", fahre ich dazwischen.

„Die Frauen waren alle total hässlich!", ruft Papa laut.

„Wie beruhigend!", schreit Mudda zurück und kommt wieder rein. „Du machst dich total lächerlich!", sagt sie gehässig und jetzt muss ich ausnahmsweise nicken.

„Papa, statt *Hope of deliverance* hast du *Hau auf die Leberwurst* gesungen", kläre ich ihn auf. Vielleicht kann ich so für das nächste Mal Schlimmeres verhindern.

„Ja, aber das war doch extra!", erwidert Papa fröhlich. „Ich habe es so gesungen, dass man es nur erkennt, wenn man genau hinhört …"

„Ich sag ja – vollkommen lächerlich!", stöhnt Mudda.

„Nur ganz geschulte Ohren können es hören", fährt Papa fort.

„Ich habe es gehört!", ruft der Troll aufgeregt. „Lea hat es nicht gehört."

„Natürlich hab ich's gehört!", sage ich empört.

„Aber erst, nachdem ich es dir gesagt habe. Ich habe ein musikalisches Gehör!", behauptet der Troll. Papa klärt ihn nicht auf, dass ein musikalisches Gehör etwas mit Tönen und nichts mit Texten zu tun hat. Stattdessen bekräftigt er ihn auch noch.

„Ja, das hast du von mir! Soll ich dir Gitarrenunterricht geben?"

„Nö!" Der Troll schüttelt den Kopf. „Ich werde Sänger. Da hat man mehr Fans. Und außerdem bewerbe ich mich bei *DSDS*."

Ich wusste es schon immer: Der Troll ist endgültig übergeschnappt – in unserer Familie leider keine Seltenheit.

Heute ist Oma Marion zum Kaffee da. Sie schaut mal wieder in Hans Goldeisens Wohnung nach dem Rechten und bei dieser Gelegenheit besucht sie auch uns. Deswegen hat Mudda extra Erdbeerkuchen gebacken, Omas Lieblingskuchen, und das ist in zweierlei Hinsicht außergewöhnlich: 1. Mudda kann Oma nicht wirklich leiden und würde normalerweise niemals Kuchen für sie backen. 2. Mudda hat sich überwunden und sogar gespritzte Erdbeeren gekauft – so etwas macht sie sonst nie!!!

Aber das Ganze hat natürlich einen Grund: Mudda möchte Oma Marion milde stimmen. Damit diese Hans Goldeisen überredet, dass Oma Anna und Opa Thomas in seiner Wohnung leben können, solange sie hier sind.

Doch der Bestechungsversuch geht voll nach hinten los. Oma Marion rümpft die Nase, als sie den Kuchen sieht. „Sind das etwa spanische Erdbeeren?", fragt sie. „Also, das musst du doch wissen, dass ich nur deutsche Erdbeeren esse! Alle anderen sind ja mit Pestiziden verseucht. Von dir hätte ich nun wirklich etwas anderes erwartet! Die paar Wochen kann man wohl noch aushalten, bis es richtige Erdbeeren gibt."

Als ob das auf dem Kuchen falsche wären! Mudda schweigt und schaufelt demonstrativ zwei Stücke Kuchen in sich hinein – und Oma isst schließlich doch auch eines – *wo er nun schon mal da ist.*

Ja, aber als dann Papa mit der Frage nach Hans Goldeisens Wohnung kommt, rastet Oma aus. „Mich ekelt ihr raus und die Herrschaften sind willkommen?", faucht sie über den Tisch. „Was denkt ihr euch eigentlich? Dass ich euch dafür auch noch belohne?"

Wir gucken uns betreten an. Oma Marion hat uns immer noch nicht verziehen, dass wir sie nicht in der Wohnung haben wollten – aber nur, weil sie und Mudda sich einfach nicht verstehen. Auf die Dauer hätte das Mord und Totschlag bedeutet. Das will Oma Marion nur nicht einsehen. „Mutti", sagt Papa beschwichtigend. „Du bist jederzeit bei uns willkommen, das weißt du doch!"

„Übrigens hat Mudda den Kuchen nur für dich gebacken", füge ich hinzu. „Weil es doch dein Lieblingskuchen ist."

Oma Marion sieht mich liebevoll an, so, als hätte ich den Kuchen gebacken, Mudda hingegen würdigt sie keines Blickes. „Ach, Lea, du verstehst das noch nicht."

Wahrscheinlich denkt sie, ich verstehe noch nicht, dass Mudda den Kuchen nur aus Berechnung gebacken hat. Doch, natürlich verstehe ich das – aber die Geste finde ich trotzdem nett. Nur weil Mudda sich davon eine Gegenleistung erhofft, ist der Kuchen ja nicht vergiftet (wenn man mal von den Pestizid-Erdbeeren absieht …).

Irgendwie schafft es Papa am Ende doch, dass Oma ihr Smartphone rausholt und bei Hans Goldeisen anruft. Sie ist nämlich ziemlich stolz darauf, dass sie mittlerweile sogar seine Handynummer hat.

Zuerst denken wir, dass Oma uns eins auswischen will und das extra so gedeichselt hat, aber sie klärt uns auf, dass Hans Goldeisen die Wohnung für sich selbst braucht. „Er wird sich eine spontane Auszeit von der Musik nehmen", sagt sie und eine Sorgenfalte bildet sich auf ihrer Stirn. „Vielleicht ein Burn-out? Das Showbusiness schlaucht ihn einfach zu sehr, er möchte in Ruhe darüber nachdenken, wie es in Zukunft weitergehen wird."

„Und was ist mit Tante Conny?", fragt der Troll dazwischen.

Die Falte auf Omas Stirn wird noch steiler. „Ach, Gott, Conny! Hoffentlich ist sie dann nicht arbeitslos! Ich muss sie gleich mal anrufen." Und sie zückt schon wieder ihr Smartphone, diesmal verlässt sie allerdings den Raum.

Mudda guckt Papa an und Papa nickt. „Für die paar Wochen wird es gehen", sagt er und es klingt, als würde er dabei an ein paar Tage denken. Ein paar Tage können Oma Anna und Opa Thomas ohne

Probleme in unserem Wohnzimmer wohnen – aber was genau ist mit *Wochen* gemeint? „Sie kommen am 11. Mai", sagt Mudda, „und dann bleiben sie bis zum 29. Juni."

Das sind SIEBEN Wochen! „Vielleicht finden wir ja auch noch eine andere Lösung", flüstert Papa.

Dienstag, 15. April

Findest du es nicht auch gemein, Jan, dass in den Ferien die Zeit immer schneller vergeht als sonst? Die Tage rasen nur so dahin und unser Monatstag rückt näher. Die CD mit Silbermond und Tim Bendzko liegt hübsch verpackt in meiner Schreibtischschublade. Ich bin gespannt, was du für mich hast – und ich bete, dass du etwas für mich hast.

Pinky hat auf Facebook schon eine Reihe Urlaubsbilder aus England gepostet, die rau und stürmisch wirken, typisch England halt. Ein riesiges altes Schloss ist auch darunter, so stelle ich mir Hogwarts vor.

Wenn wir nicht zusammen abhängen, Jan, dann versuche ich, Englisch und Französisch zu lernen, damit ich nicht das nächste Desaster erlebe, wenn die Schule wieder losgeht.

Yasar lässt nicht mit sich reden und besteht darauf, dass wir auch in den Ferien Mathe lernen. Für heute hat er wieder eine Nachhilfestunde angesetzt, die gleich losgeht.

WAS WAR DAS DENN GERADE …?

Die Nachhilfe ging heute nicht besonders lange. Yasar ist auch schon wieder weg, er muss sich jetzt noch mit Kröten-Caro versöhnen … aber der Reihe nach.

Als Yasar in mein Zimmer kommt, fällt ihm sofort auf, dass das Poster fehlt. „Hey, wo ist Tim Bendzko?", ruft er.

„Im Altpapier", antworte ich lapidar.

Yasar grinst. „Typveränderung? Stehst du jetzt nicht mehr auf ihn?"

„Ich verehre ihn nur als Musiker!" Das ist ab jetzt meine Standardantwort, wenn mich irgendjemand damit aufziehen will.

„Nö, klar!", feixt Yasar, gibt dann aber Ruhe.

Wir sitzen wie immer nebeneinander an meinem Schreibtisch, ich soll mal wieder eine Aufgabe lösen. Und dabei passiert etwas Komisches – unsere Arme berühren sich, ganz zufällig, nichts Besonderes, aber es ist auf einmal, als würden wir elektrische Schläge austeilen.

Mann, bin ich froh, dass sein Handy geklingelt hat. Ich habe so was noch nie erlebt. Vor allem nicht bei YASAR! Das hat mich total verwirrt und ich kann die Aufgabe erst recht nicht lösen. Deshalb höre ich einfach zu, wie Yasar telefoniert. Ganz offensichtlich mit Kröten-Caro, ihre Kreischstimme kann ich von hunderttausend anderen Stimmen unterscheiden. Allerdings kann ich nicht richtig verstehen, was sie schreit, aber sie klingt ziemlich wütend.

Als Yasar auflegt, schaut er mich leicht geschockt an. Oh Gott, der Blitzschlag hat ihn genauso heftig getroffen wie mich! Panisch schaue ich an ihm vorbei und räuspere mich. Jetzt bloß nicht in seine dunklen Augen sehen. „Es tut mir leid …", murmele ich. Was denn eigentlich? Ist doch gar nichts passiert, was rede ich nur für einen Blödsinn.

„Du kannst ja nichts dafür", antwortet Yasar, aber er wirkt irgendwie doch verärgert. „Wie konnte das nur passieren?"

„Ich weiß auch nicht …", stammele ich. Will Yasar jetzt wirklich darüber reden? Ich dachte immer, Jungs sind nicht so … ich meine, eigentlich war ja wirklich nichts, aber anscheinend ist Yasar anders als die anderen … sensibler …

„Ich Depp, wieso hab ich nicht an den Monatstag gedacht?"

Häh, MONATSTAG? Plötzlich fällt es mir wie Schuppen von den Augen. Natürlich, heute ist der 15. April, der zweite Monatstag von Yasar und Kröten-Caro. „Caro ist stinksauer", seufzt Yasar und jetzt kann ich ihn endlich wieder ansehen. Ich bin richtig erleichtert. Wie konnte ich blöde Nuss auch nur denken, dass Yasar dem vorhin Bedeutung beimisst? Unsere Arme haben sich schon tausendmal berührt …

„Das kann doch mal passieren", höre ich mich sagen. Unglaublich! Wenn du, Jan, nicht an unseren Monatstag denken solltest, werde ich auch stinksauer oder vielmehr todtraurig sein, das kann ich dir schon mal gleich sagen! Aber dass Yasar Kröten-Caro vergessen hat, stimmt mich irgendwie heiter. Ein fieses kleines Nashorn in mir drin gönnt Kröten-Caro diese Niederlage.

„Aber dass sie deswegen so ausrastet …" Yasar schüttelt den Kopf. „Sie hat sich aufgeregt, als hätte ich unsere Hochzeit verpasst!"

Die Vorstellung, Kröten-Caro allein vorm Altar, bringt mich zum Lachen. Yasar grinst auch ein bisschen. „Du würdest dich nicht so anstellen, oder?"

Wenn er wüsste! Aber wie automatisiert schüttele ich den Kopf und sage: „Natürlich nicht. Monatstage sind zwar nett, aber wie gesagt – das kann im Alltag schon mal untergehen …" Oh Gott, was fasele ich?

„Na ja, wir haben Ferien", erwidert Yasar seufzend. „Von Alltag kann keine Rede sein. Ich fahre jetzt besser mal in die Stadt und besorge noch schnell was für Caro. Hast du einen Tipp für mich?"

Ich soll ihm sagen, worauf Kröten-Caro abfährt? Na, danke. „Schokolade?"

Er schüttelt den Kopf. „Geht nicht, sie isst keine Süßigkeiten, weil sie Angst hat, Pickel zu bekommen."

„Parfüm? Schmuck?"

„Sie steht nur auf so teure Marken, die kann ich mir nicht leisten."

„Kröten-Caro ist wirklich schwierig …", stelle ich fest.

„Da sagst du was", nickt Yasar und steht auf. „Ach, Lea …", er hält kurz inne und ich warte gespannt, was jetzt noch kommt. „Könntest du bitte aufhören, sie Kröten-Caro zu nennen? Das ist voll fies und ich dachte, ihr versteht euch jetzt besser."

Beklommen nicke ich. „Ja, sorry, ist mir so rausgerutscht", sage ich kleinlaut. „Viel Glück in der Stadt. Ich bin gespannt, was du ihr kaufst."

„Ich auch!" Dann verschwindet Yasar nach draußen und lässt sich von Mudda seine zehn Euro geben, obwohl wir nicht besonders viel geschafft haben heute.

Donnerstag, 17. April

Seit zwei Tagen muss ich immer mal wieder an diese eine Situation denken. Voll bescheuert, aber immer, wenn ich mir vorstelle, wie sich unsere Arme berührt haben, durchzuckt es mich ganz kurz. So, als würde man für den Bruchteil einer Sekunde den Schatten eines Nashorns auf meinem Herzen abbilden. Aber das reicht, um es heftig klopfen zu lassen. Was schreibe ich hier eigentlich für einen Mist?

Heute Abend haben wir uns zu viert bei dir zum Wii-Spielen verabredet, Jan. Ich lasse mir besonders viel Zeit, brauche diesmal Stunden, um ein Outfit auszuwählen. Erst ziehe ich einen kurzen Rock und ein Glitzeroberteil an, doch das kommt mir zu discomäßig vor – also doch lieber Schlabberlook? Aber das ist überhaupt nicht sexy. Andererseits will ich auch nicht zu aufgedonnert wirken. Es ist ganz schön schwer. Eine lässige Jeans mit einem engen Tanktop erscheint mir schließlich richtig. Darüber ziehe ich noch ein Hemd, das ich offen lasse. So, jetzt meine Haare. Oh nein, meine Haare sehen total schlimm aus. War das heute Mittag auch schon so? Eigentlich müsste ich sie dringend waschen, aber dazu habe ich jetzt keine Zeit mehr. Also ziehe ich noch eine graue Mütze auf. Dafür ist es zwar zu warm, aber es ist ja nur ein Accessoire. Hoffentlich gefällt es dir. Ich schlüpfe in meine Sneakers und schleiche zur U-Bahn-Haltestelle. Mann, ich freu mich auf heute Abend und gleichzeitig hab ich es irgendwie überhaupt nicht eilig.

Als ich ankomme, sind Yasar und Kröten-Caro schon da. Du gibst mir zur Begrüßung einen Kuss und musterst mich dann kurz. „Irgendwie siehst du heute anders aus", meinst du.

„Ja, wieso?", frage ich verlegen.

„Sonst trägst du keine Mütze … aber gefällt mir", antwortest du und ich atme ein wenig erleichtert auf.

„Ich muss ja warm angezogen sein, wenn ich gleich mit euch Ski fahre!", lache ich.

Zwischen Kröten-Caro und Yasar scheint wieder alles in Ordnung zu sein. Yasar drückt mir eine Wii-Fernbedienung in die Hand und ich flüstere ihm verschwörerisch zu: „Und, was ist es geworden?"

Er grinst. „Ein fetter Strauß Rosen hat sie beruhigt. Waren auch teuer genug. Obwohl ich welche aus dem Supermarkt genommen hab, aber pst!"

Ich muss lachen und Kröten-Caro ruft: „Was tuschelt ihr denn da? Los, wir fangen an. Pärchenduell."

Natürlich spielen wir Wii-Sports, was auch sonst, du und Yasar mögt es einfach am liebsten. Caro und mir macht es aber auch Spaß. Wenn man nur nicht so beknackt aussehen würde, während man die Übungen vormacht. Mit meiner Mütze schwitze ich außerdem total, aber ich will nicht, dass ihr meine hässlichen Haare seht. Kröten-Caro nimmt uns mit ihrem Smartphone auf und lacht sich halb scheckig über die Fotos. Anscheinend hat sie der Rosenstrauß wirklich gezähmt, denn sie kommt mir heute richtig nett vor. Samstag fliegt sie mit ihren Eltern nach Gran Canaria, erzählt sie, aber es klingt gar nicht so angeberisch wie sonst. Eigentlich ist es ein lustiger Abend. Nur in meinem Bauch, da spielen die Nashörner Klicker – mir kommt es vor, als hätten sie die Murmeln überall verstreut, und das ist ein seltsames Gefühl.

Freitag, 18. April

Karfreitag ist einer der ödesten Tage im Jahr ... laut religiöser Überlieferung ist Jesus an diesem Tag ja am Kreuz gestorben. Ich gehe meinen persönlichen Leidensweg und martere mich, indem ich Englisch und Franz lerne.

Ich glaub, ich spinne! Gestern war wohl der Tag der Irrtümer. Erst diese komischen Anwandlungen mit Yasar und dann habe ich doch wirklich geglaubt, dass Kröten-Caro nett sei. Wie konnte ich nur so hohl sein? Gerade habe ich eine kleine Pause vom Lernen gemacht und ein bisschen bei Facebook rumgesurft und was entdecke ich da? Kröten-Caro hat gepostet: *Ein schöner Tag!* Dazu hat sie die Rosen von Yasar hochgeladen und dieses Bild hier:

Ca-Ro-Li-Ni
gestern um 22:48 Uhr

Lea beim Wii-Spielen ... voll süß!

Gefällt mir . Kommentieren . Teilen

Jan, Yasar und 9 anderen gefällt das.

Das kann ja wohl nicht ihr Ernst sein – dieses Biest! Das Foto ist das allerschrecklichste, das ich je von mir gesehen habe – und es gibt einige schreckliche! Aber das Schlimmste ist – Yasar und du, ihr habt auch noch auf *Gefällt mir* gedrückt! Also habt ihr das Bild auch schon gesehen …

Sofort schreibe ich Kröten-Caro eine Nachricht, dass sie das Bild rausnehmen soll. Aber sie rührt sich nicht. Das ist echt das Allerletzte!

Ich rufe dich an, doch du meinst, ich solle mich nicht so anstellen … das Foto sei witzig … ich sag nur: Karfreitag, ein düsterer Tag!

Wenn wenigstens Pinky da wäre …

Ein Lichtblick: Pinky hat das Foto gesehen und mir sofort geschrieben, wie gemein sie das von Kröten-Caro findet. Tja, sie ist halt die Einzige, die mich wirklich versteht. Leider kann sie mir aus England nicht weiterhelfen.

Samstag, 19. April

Wenn schon die beste Freundin nichts machen kann, dann wenigstens der beste Freund! Habe mich bei Yasar über das Foto beschwert und er hat versprochen, mit Kröten-Caro zu reden.

Gerade hat sie es rausgenommen – gut gemacht, Yasar!

Sonntag, 20. April

Heute ist ein besonderer Tag: Unser Monatstag! Außerdem ist Ostersonntag. In unserer Familie spielt Ostern keine große Rolle. Mudda hat jedem einen Schokohasen hingestellt (Eier suchen wir natürlich schon lange nicht mehr), das war's.

Am Morgen klingelte unser Telefon und deine Mutter war dran. Sie hatte ganz spontan die grandiose Idee, dass sich nach zwei Monaten Beziehung unsere Familien doch mal kennenlernen könnten. Deshalb haben sie uns zu einem kleinen Picknick am Nachmittag eingeladen. Mudda und Papa waren sofort Feuer und Flamme, sie sind schon total gespannt auf deine Eltern und deinen kleinen Bruder. Bei mir ist die Freude eher verhalten. Zum einen finde ich zwei Monate für uns beide ja auch toll und ich bin stolz, dass wir jetzt so lange zusammen sind, aber ganz ehrlich: Für ein Familientreffen finde ich zwei Monate vieeel zu kurz – zumal noch Tante Conny und Oma Marion dabei sind, das ist dann die geballte Ladung.

Noch während des Telefonats summt mein Handy. Du schreibst, dass du nichts von dem Treffen gewusst hast – sonst hättest du versucht, es zu verhindern. Grinsend schreibe ich zurück, dass wir da jetzt wohl durchmüssen.

Mittags kommt Oma Marion zum Essen und sie bringt Tante Conny mit. Da Hans Goldeisen eine Gesangspause macht, muss sie ja auch eine einlegen und hat gerade nicht mehr so viel zu tun. Dementsprechend ist ihre Stimmung etwas gedrückt. „Ich muss mein Geld jetzt zusammenhalten", sagt sie, während sie sich unser veganes Sonntagsessen schmecken lässt. „Deshalb konnte ich euch auch keine Ostergeschenke mitbringen, bitte verzeiht mir."

„Das musst du doch auch nicht", erwidert Papa und fragt dann interessiert: „Aber sag mal, weshalb setzt Hans Goldeisen eigentlich aus?"

„Ach, es läuft einfach nicht mehr so", jammert Conny. „Die letzten beiden Konzerte waren schlecht besucht und er wird auch gar nicht mehr angefragt …"

„Das kann nicht sein!" Oma Marion sieht leicht geschockt aus. „Es ist doch alles genauso wie immer bei Hansi!"

„Das ist vielleicht gerade der Grund!", bemerkt Mudda trocken. „Die Leute finden ihn wahrscheinlich mittlerweile zu lahm. Übrigens wohnt er inzwischen dauerhaft in der Wohnung unter uns."

„Ja, ich hab ihn gesehen!", ruft der Troll. „Zum Glück hat er mich nicht beachtet. Er hat voll gestunken. Wie ein Penner."

„Tim!", sagt Papa mahnend.

Oma Marion sieht aus, als wäre sie einer Ohnmacht nahe, und auch Tante Conny schaut nicht gerade glücklich drein. „Er ist in einer schwierigen Phase", sagt sie und dahinter kann sich alles Mögliche verbergen. *Schwierige Phase* ist sozusagen ein Codewort. Es bedeutet: *Bitte fragt nicht weiter, denn es steht wirklich sehr, sehr schlimm um ihn.* Das vermute ich mal, denn es fragt ja niemand weiter …

„Es ist so schönes Wetter", stellt Oma stattdessen fest. „Sollen wir Hansi nicht einladen, mit uns in den Park zu kommen?"

„NEIN!", schreie ich geradezu panisch. Ich will definitiv nicht zusammen mit einem heruntergekommenen Schlagerstar gesehen werden. Schlimm genug, dass ich unseren Monatstag nicht mit dir allein feiern kann, Jan, aber ein verwilderter Hans Goldeisen (um es mal positiv auszudrücken) wäre eindeutig der Overkill! Das möchte ich deiner Familie gern ersparen.

Zum Glück haben dafür alle vollstes Verständnis. Oma Marion hindert das allerdings nicht daran, auf dem Weg nach unten doch mal bei ihm zu klingeln.

Zwar poltert es irgendwo in der Wohnung, ansonsten aber gibt Hansi keinen Pieps von sich. Mann, bin ich froh!

Im Park wartest du mit deinen Eltern und deinem kleinen Bruder Lukas auf einer großen, grünen Wiese auf uns. Deine Eltern haben mehrere Decken ausgebreitet und Kuchen mitgebracht. Aufgeregt schnattern alle durcheinander und stellen sich gegenseitig vor. Oma

Marion ist total angetan von den Berufen deiner Eltern – Fotografin und Kultur-Redaktionsleiter bei der Zeitung, das beeindruckt sie schwer. „Da hast du eine gute Partie gemacht", raunt sie mir zwischendurch ins Ohr und ich lache hysterisch auf und würde ihr am liebsten den Mund zuhalten. Panisch schaue ich mich nach dir um. Hast du es etwa gehört? Zum Glück spielst du gerade ganz vertieft mit Lukas und Tim. Oma Marion klingt, als würde sie eine Ware auf dem Heiratsmarkt prüfen.

„Wer ist denn die Dame dort drüben?", fragt deine Mutter mich und zeigt zu einem Baum, in dessen Schatten Tante Conny mit ihrer Sonnenbrille steht.

„Ach, ähm, also", stottere ich etwas verlegen. „Das ist meine Tante. Sie … na ja", ich senke meine Stimme, „sie hält sich für einen Superstar und hat Angst, erkannt zu werden."

Deine Mutter grinst. „Wie heißt deine Tante denn?"

„Conny Kirchberger. Sie ist Backgroundsängerin bei Hans Goldeisen …"

„Goldeisen? Gibt's den auch noch?", lacht dein Vater, dann winkt er Conny zu. „Kommen Sie doch zu uns! Hier ist es wunderbar!"

Tante Conny winkt lächelnd ab. „Nein danke. Ich habe eine Sonnenallergie und möchte lieber hier im Schatten bleiben …"

Beschämt senke ich den Kopf. Vielleicht hält Tante Conny sich gar nicht mehr für einen Star? Oder der Misserfolg von Hans Goldeisen bewirkt, dass es ihr jetzt peinlich ist, in der Öffentlichkeit gesehen zu werden – man weiß es nicht. Jedenfalls stehe ich gerade vor deinen Eltern da, als würde ich über meine Tante lästern. Peinlich!

Irgendwann ziehst du mich beiseite. „Cool, dass sich unsere Eltern so gut verstehen, was?", sagst du grinsend. Ich schaue zu den Picknickdecken rüber, zu Mudda und Papa, die sich angeregt mit deinen Eltern unterhalten. Oma Marion und der Troll spielen mit Lukas. Wie eine große Familie!

Das ist zwar schön, aber eigentlich möchte ich jetzt endlich mal mein Geschenk zum Monatstag loswerden. Leider hat deine Mutter genau in diesem Moment die tolle Idee, dass sie ein Osterfoto von uns allen machen muss. Sie stellt dafür sogar extra ein Stativ auf. Darauf thront eine mörderisch große und wahrscheinlich irre teure Kamera. „Alle aufstellen!", tönt sie und wir beide müssen uns vorn in der Mitte positionieren, der Rest gruppiert sich um uns herum. Spinnen die jetzt komplett?

Ich fühle mich auf einmal, als hätte ich wirklich geheiratet – nur dass sich das nicht so toll anfühlt, wie ich es mir eigentlich vorstelle. Was soll das denn? Hallo, liebe Familien: Wir haben nur Ostersonntag! Dies ist nicht die Hochzeit eurer Kinder.

„Ich muss dir noch was geben", sage ich zu dir, nachdem das Foto im Kasten ist. Erwartungsvoll schaue ich dich an, doch in deinem Gesicht entdecke ich nur ein großes Fragezeichen. Dann schlägst du dir vor die Stirn. „Ich hab natürlich auch was für dich", antwortest du und läufst schnell zu deinem Rucksack. Mit einem flachen quadratischen Päckchen kommst du zurück. „Frohe Ostern!" Du hältst mir das Geschenk entgegen. Frohe Ostern? „Alles Gute zum Monatstag!", halte ich dagegen und überreiche dir mein Päckchen, das in etwa so aussieht wie deins. Du lachst über mein halb verärgertes Gesicht, dann nimmst du mich in den Arm und gibst mir einen dicken Kuss. „Glaubst du wirklich, ich vergesse den Monatstag, nachdem Yasar von Caro so niedergebügelt wurde? Albern finde ich es trotzdem … sollen wir uns etwa jeden Monat was schenken? Das ist doch total stressig – ich finde, wir sollten erst wieder feiern, wenn wir ein halbes Jahr zusammen sind …"

„Einverstanden", murmele ich, weil ich zugeben muss, dass so Monatstage auf die Dauer wirklich anstrengend werden könnten. Aber jetzt bin ich gespannt, was du mir schenkst. Mit einem Ratsch reiße ich das Papier herunter – oh, da hat jemand dieselbe Idee gehabt wie ich. Du hast mir ebenfalls deine Lieblingslieder auf CD gebrannt. „Zwei Dumme, ein Gedanke!", lachst du, als du meine CD siehst.

Das ist wirklich süß – und es zeigt doch irgendwie, dass wir echt gut zusammenpassen, findest du nicht auch? Der einzige Unterschied in den CDs liegt darin, dass ich mir mehr Mühe mit dem Cover gegeben habe – aber das verzeihe ich dir, Jan. Schließlich weiß ich, dass du nicht so gern zeichnest wie ich.

Montag, 21. April

 Seit heute bist du im Urlaub ... ich vermisse dich!

Dienstag, 22. April

Pinky vermisse ich auch ... Habe ihr heute geschrieben, was am Ostersonntag los war. Von ihr kam nur die Antwort: *WAS??? Hochzeit ohne mich? Ich wollte doch deine Trauzeugin sein ...*
    Sollte ich jemals heiraten, wird sie das definitiv!

Mittwoch, 23. April

Bock, was zu machen? LG Yasar, steht auf meinem Smartphone. Kröten-Caro ist ja auch in Urlaub und wahrscheinlich ist ihm ein bisschen langweilig. Doch ich sage ihm ab. Julia hat heute Geburtstag und sie hat Paula, Frido und mich eingeladen. Ihre Eltern haben sich freundlicherweise verzogen, denn Julia ist jetzt vierzehn und möchte keinen Kindergeburtstag mehr feiern. Zu einer richtigen Party konnte sie sich aber auch nicht durchringen. Deshalb gibt es erst Pizza und danach gehen wir ins Kino.

Ich habe zwei Geschenke für sie, ein schönes und ein witziges. Das schöne ist ein kleines orientalisches Windlicht, das ich in Muddas Laden gekauft habe (um ihn ein bisschen zu unterstützen), und das witzige habe ich in einem Laden mit lauter Dingen, die die Welt nicht braucht, entdeckt: Traummannknete.

Dachte mir, Julia redet immer so viel davon, wann ihr Traummann endlich vorbeikommt – da ist das doch genau das Richtige für sie. Auf ihre Geburtstagskarte schreibe ich noch *Kleiner Spaß* mit einem fetten Smiley dahinter. Als Julia die Knete auspackt, lacht sie lauthals und sagt, dass sie das gleich morgen ausprobieren wird. Ich habe mit der Traummannknete also voll ins Schwarze getroffen. Denke ich! Als Julia auf dem Klo ist, meint Paula, dass sie mein Geschenk unmöglich findet,

und Frido pflichtet ihr bei. „Wieso, sie hat sich doch gefreut!", erwidere ich irritiert. Paula und Frido sind voll die Spaßbremsen …

„Sie hat tapfer gelächelt und sich artig bedankt", erwidert Paula kopfschüttelnd. „Und du glaubst auch noch, das sei Freude …"

„Die Traummannknete ist wirklich gemein", nickt Frido. „Julia ist die Einzige von euch, die noch nie einen Freund hatte …"

„Aber es war wirklich nur zum Spaß!", versuche ich mich kleinlaut zu verteidigen.

Paula seufzt. „Ja, für dich ist es Spaß. Du bist ja auch glücklich mit Jan …"

„Woher willst du das überhaupt wissen?", zische ich wie aus heiterem Himmel und plötzlich sind beide still. Ich auch. Nur die Klospülung aus dem Bad ist zu hören. Keine Ahnung, warum ich das gerade gesagt habe. Julia kommt zurück und verkündet fröhlich, dass wir jetzt besser mal losgehen, wenn wir den Film nicht verpassen wollen.

Bin ich wirklich so unsensibel? Ich habe nicht darüber nachgedacht, dass Julia mein Geschenk auch kränken könnte. Sie ist doch sonst immer so spaßig drauf. Und dass sie noch nie einen Freund hatte, finde ich überhaupt nicht schlimm. Aber da haben Frido und Paula wohl recht: Um mich geht es hier nicht – wenn Julia das schlimm finden sollte, dann ist das so und dann hilft ihr Traummannknete natürlich nicht weiter. Im Gegenteil, es muss wie blanker Hohn wirken, so als wollte ich sagen: *Vielleicht klappt's ja damit endlich.* Oh nein, ich komme mir vor wie Kröten-Caro, nur dass ich es wirklich nicht mit Absicht getan habe. Ob Kröten-Caro sich am Ende auch nie etwas bei ihren Gemeinheiten denkt? Womöglich ist sie gar nicht so gehässig, wie ich immer glaube, sondern es ist einfach eine Frage des Blickwinkels. Auf jeden Fall werde ich Julia noch mal auf die Traummannknete ansprechen. Aber nicht jetzt vor Paula und Frido, sonst ist es ihr bestimmt noch unangenehmer. Ich glaube, ich bin wirklich unsensibel.

Dabei weiß ich doch noch genau, wie es bei mir war. Zum Glück bin ich dann mit dir zusammengekommen, Jan, aber es hätte auch schiefgehen können. Bei sich selbst findet man so was irgendwie uncool – aber Julia mag ich einfach gern, egal ob mit oder ohne Freund!

Donnerstag, 24. April

Ich wusste es: Die Ferien ohne dich und Pinky sind langweilig. Stinklangweilig! Damit ich trotzdem etwas zu tun habe, hat Mudda mir einen großen Einkaufszettel für den Supermarkt auf den Küchentisch gelegt, bevor sie in den Laden gefahren ist. Obendrüber steht: *Aber nur Bio!* Das ist ja eine Neuigkeit! Als ob ich das nicht wüsste … Am liebsten würde ich drunterschreiben: *Muss lernen!* Aber ich will mal nicht so sein, schließlich brauche ich auch was zum Essen. Der Troll ist schon früh mit seinen Freunden losgezogen – der hat's gut. In der Grundschule musste ich auch nie lernen …

Julia hat auch Langeweile und weil ihr nichts Besseres einfällt, kommt sie bei mir vorbei und wir gehen zusammen in den Supermarkt.

Ehrlich, bis Julia es erwähnt hat, habe ich gar nicht darüber nachgedacht, dass du dich ja auch mal aus Wien melden könntest. Und jetzt weiß ich nicht, was ich schlimmer finden soll: dass du dich nicht meldest oder dass es mich nicht gejuckt hat. Ich meine, eigentlich ist es doch super, dass es mir nichts ausmacht, aber irgendwie fühle ich mich auf einmal schlecht deswegen. Total bescheuert! Jetzt hab ich tatsächlich miese Laune. Missmutig schiebe ich den Einkaufswagen durch die Reihen und versuche, mir vor Julia nichts anmerken zu lassen. Dann muss ich an mein Geschenk von gestern denken. „Übrigens war das mit der Traummannknete nicht böse gemeint", beginne ich und Julia sieht mich fragend an. „Hä, wie meinst du das?"

Ich erkläre ihr, dass man das ja auch falsch verstehen könnte, aber sie lacht mich aus. „Quatsch, Lea! Natürlich hätte ich gern einen Freund, aber so schlimm ist es jetzt auch nicht. Wobei – stimmt – du hast meine Gefühle verletzt! Spaaaß!" Und dann singt sie so oft *Spaß*, dass ich nicht mehr mitzählen kann. Prüfend schaue ich sie an. Sagt Julia auch wirklich die Wahrheit oder denkt sie eigentlich etwas ganz anderes? „Vielleicht kann mir die Traummannknete ja wirklich helfen", meint Julia schließlich und ich bin endgültig beruhigt, als sie hinterherschiebt: „Wir sollten das noch heute ausprobieren."

Ich antworte gerade, dass ich die Traummannknete doch gar nicht brauche, da sehe ich plötzlich einen Jungen in unserem Alter auf uns zukommen. Er hat blonde Locken und erinnert mich entfernt an meinen Lieblingssänger Tim Bendzko. O mein Gott, Tom! Panisch biege ich mit dem Wagen in die nächste Reihe ab. Leider ist es die Tierfutterabteilung und dummerweise stellt Julia auch direkt fest: „Ihr habt doch gar keine Haustiere! Was willst du denn hier?"

„Ja, aber da war Tom", zische ich.

„Wer?" Julia weiß überhaupt nicht, von wem ich rede.

„Tom, den habe ich mal auf der Eisbahn kennengelernt", sage ich und füge vorwurfsvoll hinzu: „Das musst du doch noch wissen! Wir wollten Freunde bleiben, aber ich habe mich nie wieder bei ihm gemeldet …"

Julia erinnert sich wirklich nicht mehr an Tom. „Komm, wir gehen zur Kasse", sagt sie. „Wir haben doch alles, was auf deinem Zettel steht."

Ich würde am liebsten zwischen Katzenstreu und Hundekeksen

ausharren, bis ich ganz sicher bin, dass Tom verschwunden ist, aber Julia hat leider kein Verständnis dafür. „Stell dich nicht so an!", ruft sie lauter, als mir lieb ist.

Natürlich begegnen wir Tom an der Kasse. Beim Katzenklo wäre das nicht passiert!

Also echt! Julia könnte ihr Desinteresse ein bisschen weniger deutlich zeigen, finde ich. Es ist zwar nett von ihr, dass sie alle Waren für mich aufs Band legt, aber danach ordnet sie sie auch noch nach Größe und Gewicht, als ob das irgendeinen Sinn ergeben würde. Nur um nichts mit uns reden zu müssen! Tom erzählt mir derweil, dass er in unsere Gegend gezogen ist und nach den Sommerferien auf unsere Schule kommen wird, vielleicht ja sogar in unsere Klasse. „Dann sehen wir uns wieder öfter", sagt er grinsend.

„Definitiv!", antworte ich mit einem ziemlich schiefen Grinsen. „Dann können wir unsere Freundschaft so richtig aufleben lassen."

O Mann, bin ich fies! Tom war doch wirklich total nett und toll – wir haben halt nur nicht die gleiche Wellenlänge. Da gibt es einfach nichts zu beschönigen!

„Also, bis bald mal!", ruft Tom uns zum Abschied zu und fügt noch hinzu: „Man sieht sich."

„Jahaa", lächele ich. Eigentlich ist er doch ganz okay …

Mit Julia ist an der Kasse allerdings irgendwas passiert. Als Tom weg ist, flippt sie regelrecht aus. „Der ist ja totaal süüüüß! Wieso ist mir das damals auf der Eisbahn nicht aufgefallen? Meinst du, er hat gemerkt, dass ich ihn toll finde?"

Ich starre sie an. „Ist das dein Ernst?"

Julia wird knallrot. „Ich habe versucht, mir nichts anmerken zu lassen."

„Das ist dir hervorragend gelungen!", stöhne ich. „Tom denkt jetzt wahrscheinlich, dass du ihn voll doof findest, weil du ihn kein bisschen beachtet hast."

„Was? Nein, ich wollte nur nicht zu auffällig sein!" Julia hilft mir, die Sachen in die Papiertüten zu packen. „Wir müssen heute unbedingt noch das mit der Traummannknete machen", sagt sie währenddessen. „Vielleicht meldet sich Tom noch."

„Er hat doch gar nicht deine Nummer", erwidere ich kopfschüttelnd.

„Aber deine! Vielleicht meldet er sich bei dir und fragt nach mir!"

O nein, bitte nicht! Es reicht doch, wenn ich mich mit Tom nach den Sommerferien anfreunde, oder?

Ach, Mensch, der Tag heute ist irgendwie verkorkst.

Nach dem Mittagessen bin ich zu Julia gefahren und wir haben das mit der Traummannknete gemacht. Ich habe zwar noch mal betont, dass ich das ja eigentlich nicht nötig habe, aber Julia meinte, schaden könne es nicht. „Vielleicht meldet sich dann Jan heute mal", hat sie gesagt und es klang ein bisschen spöttisch. Vielleicht hat sie recht – allerdings glaube ich nicht wirklich an die Traummannknete. Aber man weiß ja nie …

Wir sitzen also bei Julia auf dem Balkon und jede knetet sich einen Traummann. Wobei ich Julia von ganzem Herzen wünsche, dass sie einen besseren abkriegt als diesen hässlichen lila Gnom, den sie

Julias Traummann

fabriziert. Ich knete ein Nashorn, da weiß ich wenigstens genau, wer gemeint ist. „Aber der Jan ist doch gar kein Nashorn", sagt Julia. „Dafür ist er viel zu sportlich."

„Aber er hat mir ein kleines Plüschnashorn zum Geburtstag geschenkt", erwidere ich. „Und außerdem sind die Nashörner eine Metapher. Ein Bild für meine Gefühle."

„Aha." Julia schaut mein Nashorn an und meint dann: „Auf jeden Fall kannst du besser kneten als ich. Vielleicht könntest du auch mal bei meinem Traummann nachhelfen?" Sie schiebt mir ihren Gnom rüber und ich beginne, ihn zwischen meinen Händen hin und her zu walken. „Ob das Sinn der Sache ist?", grinse ich. „Am Ende meldet sich Tom und dann wissen wir nicht, wen er meint, weil wir beide an ihm rumgeformt haben." Kaum habe ich das gesagt, reißt mir Julia das Stück Knete aus der Hand. „Du weißt ja", sagt sie warnend. „Der Freund oder Angeschwärmte der Freundin muss tabu sein. Ich würde mich auch nie an Jan ranmachen."

„Schon klar und keine Angst: Ich bin ja versorgt und Tom ist wirklich nicht mein Typ", antworte ich großspurig.

Tom meldet sich natürlich nicht. Wer weiß, ob er überhaupt noch meine Handynummer hat. An seiner Stelle hätte ich sie auch gelöscht, nachdem ich ihn so abserviert hatte. Stattdessen klingelt plötzlich Julias Handy während unserer Knetsession. Sie zuckt zusammen. Wie hypnotisiert starrt sie auf das Display ihres Smartphones. „Es ist Yasar!", flüstert sie. „Geh schon ran!", fordere ich sie auf, aber ich bin genauso verblüfft und merke, wie sich mein Knetnashorn plötzlich in ein echtes verwandelt und losgaloppiert. Hallo, was soll das?

Julia nimmt das Gespräch an. „Hi, Yasar … ja … oh, danke, das ist aber nett! … Joa, aber ich hab nichts Besonderes gemacht …" Aha, Yasar gratuliert Julia wohl nachträglich zu ihrem Geburtstag. Da hat er sich ja genau den richtigen Zeitpunkt ausgesucht. Julia hat ihn gestern nicht eingeladen, weil sie ihn nicht mehr so richtig leiden kann, seit er mit Kröten-Caro zusammen ist. (Verständlicherweise – mir fällt es auch sehr schwer …)

„Ja, die ist bei mir, warte, ich gebe sie dir, tschühüüss!" Julia hält mir ihr Smartphone hin. „Er will mit dir reden."

Meine Hände zittern tatsächlich ein wenig, als ich das Smartphone entgegennehme. „Ja?"

„Hi!" Yasar macht eine kleine Pause. „Wir hatten für heute eine Nachhilfestunde angesetzt und ich stehe seit zehn Minuten vor eurem Haus und wundere mich, weil keiner aufmacht."

„Was, echt?" Ich bin total überrascht, weil ich mich wirklich nicht daran erinnern kann, dass wir eine Nachhilfestunde für heute vereinbart hatten.

„Ja! Warum gehst du eigentlich nicht an dein Handy? Kommst du noch oder soll ich wieder gehen?" Er klingt ungeduldig. Oder verärgert, ich weiß es nicht genau.

„Okay, ich bin gleich da!" Nachdem ich aufgelegt habe, gucke ich Julia entschuldigend an. „Ich hab die Nachhilfe verschwitzt. Yasar wartet schon, ich muss jetzt gehen", sage ich und nehme meine Jacke.

„Schade." Bevor ich verschwinden kann, hält Julia mich noch kurz am Unterarm fest. „Lea?", fragt sie und klingt irgendwie aufgeregt. „Meinst du, an der Traummannknete könnte doch was dran sein?"

Lachend hebe ich die Schultern und seufze dann. „Keine Ahnung. Wenn es Kröten-Caro nicht gäbe, würde ich sagen, *Ja*. Aber solange Yasar nicht frei ist …"

„Irgendwann wird er es vielleicht wieder", antwortet Julia hoffnungsvoll. „Wer bleibt denn schon mit seiner ersten Freundin zusammen?"

Ja, wer eigentlich? Ein ungutes Gefühl durchzuckt mich – aber ich schiebe es beiseite. Damit will ich mich jetzt wirklich nicht befassen.

Yasar ist mies drauf, als ich ankomme. Kein Wunder, mittlerweile hat er über eine halbe Stunde lang auf mich gewartet. „Das zahlt mir keiner!", schimpft er.

„Reg dich ab!" Ich schließe die Haustür auf und stiefele an ihm vorbei die Treppe hinauf. „Ich kann dich ja mal auf ein Eis einladen."

„Gebongt!" Schon hört er sich viel besser gelaunt an. „Und zwar direkt im Anschluss. Du hast doch bestimmt auch noch nichts vor?"

Ich muss lachen. „Steht bei mir *langweilig* auf der Stirn?"

„Irgendwie ja."

Leicht geschockt schaue ich bei uns im Flur in den Spiegel. Das *langweilig* kann man ja auch anders auffassen. Mein Gesicht sieht aus wie immer, aber vielleicht findet Yasar mich langweilig? Was weiß ich? Eigentlich fühlt es sich nicht so an, eigentlich fühlt es sich eher … ach, was denke ich darüber nach, wie Yasar mich findet! Er ist ein guter Freund, also wird er mich schon mögen.

Yasar lacht sich einen ab. „Ich kann dich beruhigen. Du siehst hübsch aus – wie immer."

Ich will das nicht. Ich will nicht, dass er solche Sachen sagt – blitzschnell drehe ich mich um. „Hat sich Kröten- … hat sich Caro eigentlich schon aus Gran Canaria gemeldet?", frage ich.

Yasar nickt. „Sie schreibt mir jeden Abend. Scheint echt cool zu sein, viele Jugendliche in ihrem Alter und so. Die hat's gut! Wir fahren im Sommer wieder nur in die Türkei. Na ja, aber ist auch nett …"

Okay, zwischen Kröten-Caro und Yasar läuft es. Und zwischen uns ist auch alles bestens, Jan, auch wenn du dich nicht meldest. Das hat überhaupt nichts zu bedeuten … oder doch? Nur nicht panisch werden, Lea …

Die Mathe-Nachhilfe ist heute sogar mal ganz gut. Ich habe das Gefühl, endlich mal etwas zu verstehen, und Yasar ist stolz auf mich. Anschließend fahren wir in die Stadt und ich gebe ihm wie versprochen ein Eis aus. Wir setzen uns damit auf die unterste Stufe zu den Stadtterrassen und schauen den vorbeiflanierenden Menschen zu. Mir fällt mal wieder auf, wie witzig Yasar ist. Ständig hat er irgendeinen dummen Spruch auf Lager und ich kringele mich die ganze Zeit vor Lachen. Aber man kann auch ernsthaft mit ihm reden. Irgendwann fasse ich mir ein Herz und erzähle ihm, dass du dich noch nicht gemeldet hast. Mittlerweile mache ich mir nämlich doch so meine Sorgen, ich meine – in Wien gibt es ja auch hübsche Mädchen, oder?

„Ist das so?", frage ich ihn. „Dass man sich in niemand anderes verliebt, wenn man vergeben ist?"

Yasar sieht mich forschend an. „Ich glaube schon", sagt er dann. „Also, bei mir ist das so. Und ich denke, Jan ist mir da ziemlich ähnlich."

„Du glaubst also auch wie Pinky, dass man nicht in zwei Menschen gleichzeitig verknallt sein kann", rede ich so vor mich hin. Eigentlich wollte ich das gar nicht laut sagen, aber irgendwie fühle ich mich gerade so wohl bei ihm, dass es mir rausgerutscht ist. Yasar runzelt die Stirn. „Geht es gerade um Jan oder um dich?"

Ich werde rot. „So ganz allgemein", weiche ich aus.

Jetzt lacht Yasar. „Lea, Lea", seufzt er dann und sieht mich von der Seite her an. „Vielleicht solltest du mal mit Caro darüber sprechen. Die fragt mich manchmal auch so komische Sachen."

Echt? Yasar gibt mir tatsächlich den Tipp, mein Herz bei Kröten-Caro auszuschütten?! Da kann ich es ja auch gleich bei Facebook posten. Doch es ändert nichts daran, dass ich es gerade total schön finde, mit Yasar hier zu sitzen. Die Sonne geht langsam hinter den Häusern der Stadt unter, aber es ist trotzdem noch recht warm. Vor unseren Füßen hüpfen Spatzen und fette Tauben herum und suchen nach Waffelkrümeln. Und gerade weil es sich so schön mit Yasar anfühlt, bin ich verdammt froh, als ich endlich nach Hause kann.

Ahhhh *Schicksal,* kann es sein, dass du gerade komplett anfängst zu spinnen?

ICH HASSE DIE LIEBE?

WAS IST ÜBERHAUPT LIEBE?

Es ist alles zum Kotzen! Ich liege in meinem Bett und heule. Mitten in der Nacht.

Am Anfang fand ich Yasar doof. Na ja, so richtig doof nicht, sonst hätten wir uns ja nicht angefreundet. Aber jetzt merke ich, dass ich ihn viel zu lieb habe. Und das ist ein total ätzendes Gefühl! Das Schicksal spinnt, wirklich! Ich meine, ich habe alles, was ich mir die ganze Zeit gewünscht habe – ich bin mit dem tollsten Jungen (für mich tollsten Jungen) überhaupt zusammen! Und trotzdem liege ich hier und denke an einen anderen. Das ist einfach nur schrecklich. Wahrscheinlich kommt das alles nur, weil du dich nicht aus dem Urlaub meldest, Jan! Vielleicht hast du ja längst auch schon eine Neue! Wieso auch schon? Ich hab ja niemanden … und wenn ich wirklich wollte, ginge es sowieso nicht – Yasar ist ja mit dieser widerlichen Kröte zusammen. Ich kann sie ab jetzt noch weniger leiden!

Samstag, 26. April

Meine Laune ist unterirdisch schlecht. Pinky ist aus England zurück und schwärmt mir ununterbrochen vor, wie toll es war. Ihre Eltern haben ihr ein schickes Wellnesshotel mit allem Pipapo geboten und eigentlich dachte ich immer, Pinky stehe nicht auf so was. Aber anscheinend fand sie die Massagen, Gesichtspackungen, das Sportprogramm und so weiter total toll. Dazu Land und Leute: In London war sie einen ganzen Tag lang in total abgefahrenen und teuren Läden shoppen. Ihren Klamotten sieht man zwar nicht an, was sie gekostet haben … aber trotzdem! Das hat ja fast was von Kröten-Caro! Furchtbar …

Ich versuche zu überspielen, wie mies es mir geht. Sie bemerkt es trotzdem sofort. War doch klar – beste Freundin halt! Aber ich kann ihr trotzdem nicht sagen, dass ich mich anscheinend in meinen besten Freund verguckt habe. Es geht einfach nicht! Stattdessen erzähle ich ihr, dass du dich kein einziges Mal aus dem Urlaub gemeldet hast. Meine Enttäuschung sei riesengroß – weil ich wegen meines Gefühlschaos so übel dran bin, kommt es auch richtig echt rüber. Pinky nimmt mich in den Arm und tröstet mich, dass Jungs nun mal so sind. „Schau mal, er hat an euren Monatstag gedacht", sagt sie. „Was willst du mehr?"

„Ja, aber das nächste Mal feiern wir erst, wenn wir ein halbes Jahr zusammen sind", sage ich seufzend. Eigentlich finde ich das gar nicht so schlimm. Pinky sieht mich so erstaunt an, dass ich rot werde. „Wieso regst du dich darüber so auf?", fragt sie kopfschüttelnd. „Jeden Monat zu feiern ist doch total kindisch. Erst ab einem halben Jahr ist es eine richtig ernsthafte Beziehung. Gregor und ich sind am 6. Juni ein halbes Jahr zusammen", fügt sie hinzu und schaut versonnen ins Leere. „Und für diesen Tag habe ich mir schon etwas ganz Besonderes ausgedacht. Ich werde ihm ein Herz aus sauren Pfirsichringen auf sein Auto legen. Ist das nicht romantisch? Die Teile kauft er sich immer, wenn wir ins Kino gehen."

Skeptisch blicke ich meine beste Freundin an – saure Pfirsichringe? Na ja, wem es schmeckt! Klingt zwar irgendwie eklig, aber mir fehlt gerade einfach die Kraft, ihr das auszureden.

Sonntag, 27. April

Ich habe mich wieder abgeregt. Grund dafür ist ausgerechnet Papa. Seine Band hatte gestern Abend einen Auftritt in einer kleinen Kneipe. Übrigens nennen sie sich jetzt „No Names". Ich finde das voll blöd – bei dem Namen ist der Misserfolg doch vorprogrammiert, aber Papa meint, sie hätten ja schon einige Fans und außerdem sei „Die Band ohne Namen" auch eine berühmte Gruppe geworden. Ja, allerdings habe ich mal gegoogelt und „Die Band ohne Namen" gibt es nur einmal – „No Names" dagegen gibt es tausende und alle sind irgendwelche Kleinstädter, die durch Tanzlokale und Bierzelte tingeln. Aber gut, wenn Papa, Hajo und Oskar es so wollen – die betrunkenen Frauen sind ihnen wohl zu Kopf gestiegen.

Jedenfalls kam Papa gestern erst spät in der Nacht nach Hause und hat seine Gitarre und seine Umhängetasche einfach achtlos im Flur abgestellt. Und als er sie heute Morgen auspacken und wegräumen will, passiert doch tatsächlich das hier:

Papas unbekannte Verehrerin hat wieder zugeschlagen! Also, der Blumenstrauß war ja gerade noch annehmbar (der ist wenigstens nach ein paar Tagen verwelkt), aber was soll Papa denn bitte schön mit dem BH machen? Ihn etwa anziehen? Auch der Troll ist geschockt. „Vielleicht werde ich doch kein Sänger", murmelt er vor sich hin. „Wenn Mädchen dann so eklige Sachen machen …"

„Keine Angst", beruhige ich ihn. „Erstens werden sowieso keine Mädchen auf dich abfahren. Und sollte doch mal eine an Geschmacksverirrung leiden, dann wird sie garantiert noch keine BHs tragen."

„Blöde Kuh!", antwortet der Troll nur.

Das eigentliche Problem ist jedoch gerade ein ganz anderes: der rote BH!

Papa beteuert mehrmals, dass er wirklich nicht weiß, wie der in seine Tasche gekommen ist. Schließlich gesteht er aber, dass die drei Frauen vom Frühlingsfest auch wieder in der Kneipe waren. Wahrscheinlich habe sich eine heimlich an seine Tasche geschlichen …

„Während du mit der anderen beschäftigt warst?", fragt Mudda hitzig. Also, ich finde, sie macht es sich selbst auch nicht gerade leicht. Geschweige denn Papa. „Diese Frauen bedeuten mir nichts …", stammelt er hilflos. „Das sind Fans. Groupies. Warum glaubst du mir denn nicht?"

„Du hast mich schon einmal betrogen", behauptet Mudda und ich spitze die Ohren. Papa ist fremdgegangen? Das passt so überhaupt nicht zu ihm und würde mich sehr, sehr enttäuschen.

„Wann denn?", fragt er auch ziemlich ungläubig. Also wenn, dann müsste er das doch selber am besten wissen!

„Tu nicht so unschuldig! Mit deiner blonden Kollegin!", schreit Mudda, dass die Wände wackeln. Ob Hans Goldeisen untendrunter schon was mitbekommen hat?

Jetzt wird auch Papa sauer. „Ja!", ruft er wütend zurück. „Du hast dabei nur ein winziges Detail vergessen: Zu diesem Zeitpunkt waren wir offiziell getrennt. Und zwar, weil DU es so wolltest!"

„PAPA!" Plötzlich muss ich ganz dringend eine Frage loswerden. Sie verbrennt mir sonst mein Herz. „Papa – als du diese Freundin hattest – also, warst du da in sie verliebt? Oder warst du noch in Mudda verliebt? Oder vielleicht in beide gleichzeitig?"

Papa sieht mich an, als sei ich nicht ganz bei Trost. „Was soll das denn jetzt, Lea?"

„Das interessiert mich! Wirklich!"

„Mich auch", nickt Mudda und wir schauen Papa erwartungsvoll an. Sogar der Troll lauert neugierig auf die Antwort.

Papa stöhnt. „Das weiß ich doch jetzt nicht mehr!" Das mit der Kollegin war letzten Herbst – Papa müsste schon ein sehr schlechtes Gedächtnis haben, wenn er sich nicht mehr daran erinnert. „Oh doch, das weißt du noch! Spuck es aus!", fordert Mudda ihn auf. Papa windet sich wie ein Regenwurm auf dem Trockenen. „Also … also, ich nehme an, dass ich Mudda noch geliebt habe und einfach durch die Trennung ein wenig verwirrt war."

Dafür könnte ich ihn küssen! Tu ich dann auch. „Danke, Papa!", sage ich und drücke ihm einen dicken Schmatz auf die Wange, sodass er überrascht auflacht. Auch Mudda guckt plötzlich ganz glücklich. Kurzerhand küsst sie seine andere Wange. „Ach, es tut mir leid, dass ich so misstrauisch bin", seufzt sie. „Ich muss mich wohl einfach noch daran gewöhnen, dass ich mit so einem begehrten „No-Name"-Sänger verheiratet bin …"

„Dass ich so begehrt bin, macht mich eigentlich gerade attraktiv, stimmt's?", gluckst Papa überhaupt nicht attraktiv, doch Mudda stimmt ihm zähneknirschend zu.

Dann ist ja alles wieder gut bei Mudda und Papa – und das Schönste ist: bei mir auch!

Bei mir ist es genauso wie bei Papa. Durch die räumliche Trennung von dir war mein Herz einfach ein bisschen verwirrt und hat sich Yasar zugewandt. Das ist jetzt aber vorbei, denn seit gestern Nacht bist du wieder zu Hause und heute Nachmittag treffen wir uns. Es regnet in Strömen und wir müssen zu Hause bleiben. Deine Eltern sind nicht da, das ist gut, aber leider haben sie Lukas dagelassen und jetzt müssen wir auf ihn aufpassen. Irgendwie können wir uns gar nicht richtig begrüßen, weil Lukas die ganze Zeit um uns herumflitzt. Auch wenn er erst vier Jahre alt ist, finde ich es ein bisschen peinlich, vor ihm rumzuknutschen. Deshalb machen wir es uns mit Chips und Schokolade in eurem Wohnzimmer gemütlich und gucken eine DVD.

Damit Lukas mitschauen kann, haben wir *Ratatouille* ausgewählt. Ich liebe diesen Film mit der kleinen Ratte, die kochen kann, und kuschele mich in deinen Arm. Lukas ist bald auch ganz still und schaut gebannt in den Fernseher. „Mir war richtig langweilig ohne dich", sage ich leise zu dir.

„Echt?", brummst du und legst die Füße auf euren Couchtisch. „In Wien war's auch nicht so besonders. Ich glaube, das war der letzte Urlaub mit meinen Eltern. In den Sommerferien mach ich was mit Yasar."

„Und ich?", fahre ich empört auf.

„Ja, du kannst auch mit, wenn du darfst!"

Halbwegs zufrieden lege ich wieder meinen Kopf auf deine Schulter. „Warum hast du dich denn nicht mal gemeldet?", frage ich.

„Hab ich doch", sagst du und steckst dir ein Stück Schokolade in den Mund. „Ist meine Karte noch nicht angekommen?"

Ach, du hast mir eine Postkarte geschrieben? Ich schüttele den Kopf. „Nö, hab nichts bekommen. Du hättest doch auch mal anrufen können …"

Du seufzt. Ein bisschen zu laut, finde ich. „Du wirst es wohl mal eine Woche ohne mich aushalten, oder? Jetzt bin ich ja wieder da!"

„Ja, aber wenigstens über *What's app* hättest du ja mal …"

„Lea!", unterbrichst du mich ein bisschen genervt. „Wir sehen uns doch jetzt wieder jeden Tag."

„Ja, in der Schule!", entgegne ich. „Aber danach bist du voll oft beim Fußball und hast keine Zeit für mich." Oh Mann, was ist denn jetzt los? Ist das etwa ein Streit? Es war doch gerade alles so nett …

Wow, das ist ja wohl echt die Höhe! Nur weil ich mal angemerkt habe, dass ich gern mehr Zeit mit dir verbringen möchte, bin ich plötzlich ein depressiver Sportmuffel? Ey, ich könnte gerade mal ausrasten. Aber wenn ich jetzt losschreie, blockst du sowieso wieder ab. Weil man mit dir nicht rumschreien kann. Ich weiß auch nicht, wieso. „Ich bin kein Sportmuffel", grummele ich vor mich hin. „Wir haben schließlich Sportunterricht. Und schwimmen geh ich auch manchmal."

Du antwortest nichts, sondern tust so, als würdest du interessiert dem Film folgen. „Dann freu ich mich mal auf deine Postkarte", sage ich.

Montag, 28. April

Gestern Abend hat Papa Mudda groß zum Essen ausgeführt. Sie hatten nämlich ihren 15. Hochzeitstag und da waren der Troll und ich allein zu Hause. Plötzlich hat es geklingelt und direkt danach geklopft. Der Troll ist zur Tür gerannt, doch ich habe ihn gerade noch abhalten können, sie einfach aufzureißen. Wer weiß, wer davorsteht! Dass jemand einfach die Treppe heraufkommt und nicht unten abwartet, bis man durch die Sprechanlage nachfragt, ist schon komisch genug.

Noch nie habe ich den Troll so höflich erlebt. Er ist echt ein Fähnchen im Wind. Letztens lästert er noch, Hans Goldeisen würde stinken, und jetzt benimmt er sich so. Er hat ihn in unser Wohnzimmer gebeten und dort saß Hans Goldeisen dann etwas verlegen auf unserer Couch und wusste nicht so recht, was er sagen sollte. Ich glaube, er hat einfach nur ein bisschen Unterhaltung gesucht. Es sei ja doch etwas einsam in der Wohnung da unten und er wolle mal die Familie seiner Backgroundsängerin kennenlernen. Aber ich glaube, das waren alles nur Vorwände für irgendwas anderes. Der Troll hat dann ganz eifrig erzählt, dass er auch Sänger werden will, und hat Hans Goldeisen nach seinem Leben als Schlagerstar ausgefragt. Da ist Hansi plötzlich in Fahrt gekommen. Seine Stimme ist immer weiter angeschwollen, während er von seinen Konzerten, Tourneen und seinen weiblichen Fans geschwärmt hat. Ich habe ihm ein paar Brote geschmiert, die er auch dankbar in sich reingestopft hat. Dann wollte ich wissen, ob er schon mal Tim Bendzko getroffen hat. Nein, hat er nicht. Hätte mich auch sehr gewundert …

Irgendwann sind Mudda und Papa nach Hause gekommen, und Mudda hat fast der Schlag getroffen, als sie uns zu dritt im Wohnzimmer vorgefunden hat. „Was machen Sie hier?", hat sie entgeistert gerufen und zum Troll und mir: „Wieso seid ihr noch nicht im Bett? Es ist nach zehn, morgen ist Schule!"

Und so haben der Troll und ich den eigentlichen Grund, weshalb Hans Goldeisen bei uns aufgetaucht ist, nicht mehr erfahren. Vielleicht gibt es aber ja auch gar keinen. Fest steht, dass ich nachts mal aufs Klo musste, und da brannte im Wohnzimmer immer noch Licht. Ich habe Muddas Stimme gehört, und es klang, als würde sie eine Universum-Therapie mit ihm abhalten. Dann muss es wirklich schlimm um Hans Goldeisen stehen – das Geld für eine Universum-Therapie gibt man nur aus, wenn eh schon alles egal ist …

Heute Morgen haben der Troll und ich Mudda natürlich gelöchert, was Hans Goldeisen so lange bei uns zu suchen hatte. Aber sie hat nur ganz wichtig getan und von *Schweigepflicht* geredet. Sie glaubt allerdings, die Universum-Therapie werde ihm guttun. Ich glaube, das einzig Gute an der Universum-Therapie ist, dass Mudda damit ein bisschen Geld verdient.

Wegen Hans Goldeisen habe ich ganz vergessen, über dich nachzudenken, Jan. Gestern auf dem Heimweg habe ich mich nämlich noch gefragt, ob das ein guter Nachmittag mit uns beiden war. Irgendwie haben wir uns ja ein bisschen angezickt, aber vielleicht bin ich auch einfach nur hypersensibel. Ich meine, so was passiert halt, und wenn ich mir überlege, welchen Ton Mudda und Papa manchmal an den Tag legen – dagegen führen wir doch eine mustergültige Beziehung …

Trotzdem möchte ich eigentlich mit Pinky darüber reden. Doch als wir uns vor der Schule treffen, kriege ich erst mal einen riesigen Schreck!

Warum hat mich keiner daran erinnert? Nie hat jemand über diese blöde Bohnenhausaufgabe gesprochen, die Frau Semmel vor den Ferien aufgegeben hat. Pinky hätte doch mal früher erwähnen können, dass ihre Bohne nicht so richtig gewachsen ist. Oder Julia. Wenn wenigstens mal einer gesagt hätte: „Das interessiert mich nicht die Bohne." Aber nein, kein einziges Mal fiel das Stichwort *Bohne*. Und jetzt steh ich ohne da, ausgerechnet bei Frau Semmel!

Als Erstes rufe ich Mudda an und sie ist ziemlich sauer, weil ich nicht in der Schule bin. Dann hat sie aber zum Glück Erbarmen. „Geh jetzt in den Unterricht. Ich kaufe eine Bohnenpflanze und bringe sie dir in der Pause vorbei."

Das hat zum Glück zeitlich alles hingehauen, denn wir hatten erst in der vierten Stunde Bio und Mudda wusste eine Gärtnerei, wo sie eine Bohnenpflanze bekommen konnte. Im Biounterricht stellt sich aber heraus, dass viele die Hausaufgabe über die Ferien gar nicht gemacht haben, und da ist Frau Semmel regelrecht ausgeflippt. „Damit wollte ich euch die Chance geben, eure Noten zu verbessern!", keift sie. Dann bleibt sie mit zusammengekniffenen Augen vor meiner Pflanze stehen. Hallo, ein bisschen freundlicher könnte sie schon gucken, schließlich ist meine Bohnenpflanze die schönste von allen, sie hat sogar eine rote Blüte!

Was soll ich dazu sagen? Dass ich eine Oberstreberin bin und schon vor zwei Monaten eine Bohne gepflanzt habe? Keine Ahnung, wie alt mein Pflänzchen hier eigentlich ist.

„Leider hast du die falsche Bohne gekauft, das ist eine Feuerbohne", stößt Frau Semmel wütend hervor. „Ich hätte große Lust, dir eine Sechs wegen Betrugs zu geben!" Zum Glück macht sie das aber nicht. Denn sonst hätte sie den anderen, die gar nichts gemacht haben, ja auch eine Sechs geben müssen und das sind dann wohl doch zu viele.

Aber ich muss aufpassen. Mit Frau Semmel ist nicht gut Bohnen essen, oder wie geht das Sprichwort noch mal?

Mittwoch, 30. April

Morgen ist Feiertag, juhu! Und heute wird in den Mai getanzt.

Gestern haben wir Englisch bei Frau Sauerwein geschrieben und zum Glück ging es. Okay, ich habe ein bisschen geschummelt. Zur Sicherheit habe ich mir nämlich unter mein Heft noch ein Blatt mit Vokabeln gelegt. Ich musste aber nur zweimal draufschauen. Frau Sauerwein merkt so was nicht, und bevor man sein Heft abgibt, kann man das Blatt schnell in seinem Rucksack verschwinden lassen. Das machen viele so.

In der Pause hingen dann am Schwarzen Brett die Listen für die Projekttage Ende Juni aus. Diesmal sind die Projekte jahrgangsübergreifend, das bedeutet, es gibt welche für die Unterstufe sowie für die Mittel- und die Oberstufe. Eigentlich wollte ich ja mit dir in eine

Gruppe, aber du hattest schon vorher gemeint, dass du auf jeden Fall in das Basketballteam bei Herrn Schmidt gehst, und auf eine Woche lang Basketball spielen habe ich wirklich keine Lust. Gut, dachte ich mir, dann kann ich mich ja bei Frau Müller eintragen, so wie ich es ursprünglich vorhatte.

Die Bibel richtig lesen und auslegen ging gar nicht! Es hatte sich auch nur ein Mädchen angemeldet. Das Kunstprojekt hätte mich noch interessiert, aber da stand schon Kröten-Caros Name und ich bin froh, wenn ich sie mal eine Woche nicht sehen muss. Auf Frau Sauerweins Projekt *Gewalt erkennen und vorbeugen* hatte ich auch keine Lust. Paula und Frido haben sich auch dort eingetragen, aber die gehen mir zurzeit ziemlich auf den Zeiger. Ich glaube, die streuen sich morgens jeder eine Prise Moral über ihr Frühstück. Jedenfalls wirkt ihr Gerede so, als wüssten sie allein, was auf der Welt richtig ist. Letztens hat Paula sogar gemeint, wenn ich Probleme mit dir hätte, Jan, dann könnte ich ihr alles sagen. Ich frag mich, wie sie darauf kommt? Total nervig und lächerlich! Gartenarbeit ist ja eigentlich auch nicht so meins, aber Yasar hat so nett gefragt. „Wieso gehst du nicht auch ins Basketballteam?", habe ich mich verwundert erkundigt. Normalerweise ist Yasar genauso sportverrückt wie du, Jan. Doch er hat nur mit den Achseln gezuckt. „Ich will mal was Sinnvolles machen. Einen Baum pflanzen!" Er hat übertrieben gegrinst und ich musste lachen. Dann hab ich gesehen, dass Frau Semmel das Projekt leitet. Doch ich hab mich trotzdem dazugeschrieben. Was soll's, vielleicht ist sie mir wohlgesonnen, wenn sie sieht, dass ich bei ihr mitmache …

Ich habe Pinky überredet, dass sie sich auch im Gartenprojekt einschreibt. Erst hatte sie keine Lust. Da ihre Noten bei Frau Semmel aber auch nicht berauschend sind, hat sie schließlich nachgegeben.

„Na gut, Lea, dir zuliebe mach ich ja fast alles", meinte sie und fügte noch hinzu: „Ich weiß nur echt nicht, wieso du plötzlich auf Gartenarbeit abfährst."

Ich auch nicht ...

Gestern kam endlich deine Postkarte an.

Sie hat tatsächlich über eine Woche gebraucht – kaum zu glauben, dass Österreich unser Nachbarland ist. Schade, dass du nicht so was wie „Vermisse dich" draufgeschrieben hast. Aber ich habe mir ja vorgenommen, nicht so kritisch zu sein. Schließlich ist es doch echt schön, dass du mir überhaupt eine Karte geschickt hast.

Jetzt mache ich mich aber erst mal für den Tanz in den Mai fertig. Im Jugendzentrum steigt eine große Party und da tanzen wir dann alle so richtig ab. Ich konnte Mudda überreden, dass sie mich erst um Mitternacht abholt. Yeah! Das wird die beste Nacht meines Lebens, die coolste Party überhaupt!

Na ja, so cool war es dann auch wieder nicht. Ganz normal halt. Durchschnitt, irgendwie unspektakulär. Aber gut, das Leben kann nicht immer nur aus Höhen und Tiefen bestehen. Manchmal gibt es auch eine Weile lang einfach nur Flachland und da darf man sich echt nicht beschweren.

Um halb neun setzt Mudda mich am Jugendzentrum ab. „Und keinen Alkohol!", sagt sie wie immer, dabei müsste sie doch langsam wissen, dass im Jugendzentrum gar kein Alkohol ausgeschenkt wird. Kopfschüttelnd schlage ich die Beifahrertür unseres kleinen Fiat Panda zu. Dann stürme ich die Party. Du nimmst mich kurz in den Arm und gibst mir einen Kuss zur Begrüßung. Auf der Tanzfläche ist schon ordentlich was los. Ich sehe Paula und Frido eng umschlungen, sie haben anscheinend die Welt um sich herum vergessen. (Mal was ganz Neues!) Pinky hat Gregor mitgeschleppt. Er sieht ein bisschen deplatziert aus unter den ganzen Teenies (er ist ja schon 18), aber ich freue mich trotzdem, denn sonst wäre Pinky heute Abend nicht hier und irgendwie machen wir in letzter Zeit eh viel zu wenig zusammen. Bei Gelegenheit muss ich mal mit ihr darüber reden …

Was mich besonders freut: Kröten-Caro ist nicht da! In der Schule war sie schon krank und da kann sie natürlich abends auch nicht auf eine Party gehen. Allerdings hat Yasar deswegen schlechte Laune und das finde ich irgendwie übertrieben. Er kann ja wohl auch mal ohne seine Freundin Spaß haben, oder? Na gut … wenn ich so drüber nachdenke … ich fände es auch ziemlich doof, wenn du heute Abend nicht mit mir in den Mai tanzen würdest.

Du hast uns eine Cola geholt, und als du zurückkommst und sie mir hinhältst, tippt mir plötzlich jemand von hinten auf die Schulter. Es ist Tom und du guckst entsprechend pikiert. Aber dann stellst du dich einfach mal vor!

Damit hier gleich klare Verhältnisse herrschen – so in etwa hat sich das bei dir angehört. Hey, das hat mich schon ziemlich stolz gemacht. Tom scheint das nichts auszumachen, denn plötzlich steht wie aus dem Nichts Julia vor ihm. Ihre Haare hat sie mit einem Lockenstab bearbeitet und sie fallen wie bei einem Filmstar über ihre Schultern. Wie viele Stunden sie dafür wohl vor dem Spiegel verbracht hat? Aber es scheint sich gelohnt zu haben. „Hey, Tom!", flötet sie, und als Tom sie kurz irritiert anschaut, macht sie komische künstliche Handbewegungen. Ungefähr so, wie die Schauspielerinnen in Liebeskomödien, wenn sie eine peinliche Situation überspielen wollen. Die Situation hier wird dann auch gleich noch peinlicher. Julia wackelt mit dem Oberkörper hin und her und fuchtelt mit ausgestrecktem Zeigefinger vor Toms Gesicht herum. „Supermarkt? Du erinnerst dich?"

Tom nickt lächelnd und dann erzählt er noch einmal, dass er jetzt in meinem Stadtteil wohnt und nach den Sommerferien auf unsere Schule gehen wird. „Ich such auch noch einen neuen Schwimmverein", sagt er. „Mein alter ist zu weit weg."

„Ach, dann komm doch einfach in unseren", meint Julia.

„Seit wann bist du im Schwimmverein?", frage ich sie überrascht.

„Schon länger, das hab ich dir doch erzählt", gibt sie beschwörend zur Antwort und ich nicke schnell. „Ach ja! Hab ich ganz vergessen!"

Du legst den Arm um meine Schulter. „Das wäre doch auch was für dich, Lea!"

Bitte? Bist du jetzt von allen guten Geistern verlassen? Erst markierst du ganz deutlich dein Revier, um mich dann quasi in seins zu stoßen? Möchtest du, dass ich mit Tom in denselben Schwimmverein gehe und ihn besser kennenlerne? „Du schwimmst doch gern", fügst du arglos hinzu. Von Tom scheint für dich keinerlei Gefahr mehr auszugehen. (Wie recht du hast!) „Und so ein Verein würde dir bestimmt guttun."

Oh, Mann, jetzt hörst du dich gerade an wie Mudda, Papa, Frau Sauerwein und Oma Marion in einer Person. Gehört das auch dazu, wenn man zusammen ist – dass der Freund einen anfängt zu nerven wie die eigene Familie?

Donnerstag, 1. Mai

Die Nachricht von Yasar kommt genau richtig. Ich bin noch total müde von gestern Abend. Aber ehrlich gesagt, werde ich aus Yasar auch nicht gerade klug. Die ganze Zeit besteht er auf Nachhilfe und dann so was! Eine Absage ohne weitere Erklärung. Wahrscheinlich muss er an Kröten-Caros Krankenbett sitzen und mit ihr Händchen halten. Das zu schreiben wäre mir an seiner Stelle auch zu peinlich …

Samstag, 3. Mai

Das Leben trottet so vor sich hin. Es passiert eigentlich nichts Besonderes, außer dass Hans Goldeisen jetzt öfter bei uns zu Besuch ist und uns die Ohren volljammert. Heute waren er, Tante Conny und Oma Marion da. Der Troll war auch dabei, denn er ist total heiß darauf, die neuesten Geschichten aus der Welt eines Stars zu erfahren. Das Dumme ist nur, dass sich in Hans Goldeisens Leben gerade nicht wirklich viel tut. Er radelt im Moment wohl auch durch Flachland. Das ist zwar gemütlich, aber auf die Dauer eben ein bisschen langweilig. Das eigentliche Problem liegt auch eher in der rasanten Talfahrt, die er anscheinend gerade hinter sich hat. Wir sitzen in der Küche und alle schnattern durcheinander, wie man seine Karriere jetzt zu einem neuen Höhenflug ankurbeln könnte. Im Wohnzimmer üben Papa,

Oskar und Hajo für einen Auftritt (in unserer Wohnung wird es auch immer voller …). Ich glaube, Papa ist ein bisschen sauer, weil Mudda sich um Hans Goldeisen kümmert. Dass Hansi in einer „schwierigen Phase" steckt, ist ihm ziemlich egal. Vermutlich erfüllt es ihn sogar mit Genugtuung. Die *No Names* sind nämlich gerade auf einem ziemlich hohen Berg angekommen, von dem aus sie ihren beschwipsten Fans lächelnd zuwinken …

Umgekehrt möchte Hans Goldeisen auch nichts mit Papas Musik zu tun haben. Er sagt gar nichts darüber, aber vermutlich nur, weil er Angst hat, dass Papa ihn dann hochkant aus der Wohnung schmeißt.

Na ja, jedenfalls reden gerade alle durcheinander und der einzige Grund, weshalb ich überhaupt dabei bin, ist Hunger. Irgendwann brauche ich halt mal was zu essen. Wir kochen alle zusammen einen großen Linseneintopf. Beim Essen wird dann weiter über Goldeisens Zukunft diskutiert. Oma Marion findet, dass Hansi so gut ist wie immer, während Tante Conny etwas von „nicht genug Pfeffer" murmelt und ich mich frage, ob sie das Mittagessen oder ihren Boss meint. Der Troll ruft dazwischen, dass Hans Goldeisen in der Jury einer großen Castingshow mitmachen oder am besten gleich ins Dschungelcamp gehen soll. „So machen das die Stars, wenn sie am Ende sind", gibt er altklug von sich. Hans Goldeisen sieht ihn verzweifelt an und Mudda überbietet schließlich alle, indem sie sagt: „Es hilft nichts, Hansi – du brauchst eine Image-Veränderung!"

„Und was hast du dir da vorgestellt?", fragt Hansi zaghaft. Unglaublich – seit der Universum-Therapie scheint er Mudda aus der Hand zu fressen …

Mudda hat mehrere Vorschläge für ihn ausgearbeitet, wie er sein Ansehen in der Öffentlichkeit grundlegend verändern kann.

Entweder soll Hansi Black-Metal-Star werden oder Hip-Hop machen oder sich als Opernsänger versuchen. Oder aber, und das ist Muddas letzte Variante: Er bleibt Schlagersänger, ernährt sich ab jetzt vegan und setzt sich für Tier- und Umweltschutz und andere gute

Projekte ein. Tante Conny stöhnt bei jedem Vorschlag laut auf – wahrscheinlich denkt sie daran, was wohl die Konsequenzen für sie sind, wenn Hans Goldeisen einen Vorschlag von Mudda beherzigen sollte. „Also, Black Metal geht auf keinen Fall!", sagt sie energisch. „Für Hip-Hop ist er zu alt!", kräht der Troll. Oma ist für Opernsänger, doch da gibt Hans Goldeisen endlich mal zu, dass ihm das Stimmvolumen fehlt. „Dann ernährst du dich also ab jetzt vegan und unterstützt sinnvolle Projekte", stellt Mudda strahlend fest, und ich bin mir sicher, dass sie die anderen Vorschläge nur gemacht hat, damit ihm seine Entscheidung als die einzig wahre vorkommt. Goldeisen seufzt. „Ich weiß nicht – ich esse doch so gern Schweinshaxen."

„Dafür finden wir eine Lösung! Es gibt Tofu, Seitan und andere leckere Sachen!" Seit einer Weile ernährt sich Mudda vegan. Sie ist der Meinung, dass dies der einzig gesunde Weg im Leben ist, zusammen mit viel Meditation natürlich. Der Rest der Familie macht das aber nicht mit, deshalb gibt es bei uns nach wie vor Milch, Joghurt, Käse und Eier und ab und zu Fleisch vom Biobauernhof.

Goldeisen ist immer noch nicht so richtig überzeugt. „Und an meiner Musik müssen wir nichts ändern, meinst du?", fragt er skeptisch.

„Doch, natürlich! Das ist der zweite Schritt. Wir machen eine grandiose Show draus!" Mudda hat anscheinend keine Zweifel daran, dass es gelingen wird. Anscheinend ist sie jetzt Goldeisens engste Beraterin – ob das gut geht? Ich meine, Muddas Leben ist jetzt auch nicht gerade das allererfolgreichste …

Sonntag, 4. Mai

Yasar und Kröten-Caro haben sich getrennt – schon am Mittwoch! Hab's gerade von dir erfahren, Jan. Krass, dass ich nichts davon mitgekriegt habe ... Zeit für eine Party ...

Okay, das ist jetzt wirklich gemein! Wieso freue ich mich eigentlich so? Leider hat dir Yasar nicht erzählt, weshalb es aus ist. Hätte mich mal interessiert. „Das ist eine Sache zwischen den beiden", hast du gesagt. „Ich glaube aber nicht, dass es Yasar so wahnsinnig mitnimmt."

„Dann hat Yasar also Schluss gemacht?"

Alles Bohren hilft nichts. „Keine Ahnung, Lea. Sei nicht so neugierig."

Bin ich aber! Mit dir kann man über solche Sachen einfach nicht reden. Zum Glück hab ich dafür Pinky. Bei ihr renne ich offene Ohren ein mit der neuesten Neuigkeit. Wir treffen uns in der Stadt und gehen shoppen. Heute ist nämlich verkaufsoffener Sonntag, sehr praktisch. Während Pinky und ich also zig Kleiderständer in verschiedenen Klamottenläden durchforsten, rätseln wir, woran die Beziehung von Yasar und Kröten-Caro wohl gescheitert ist. „Ganz klar: Yasar hat Kröten-Caros Zickereien nicht mehr ausgehalten", ist sich Pinky sicher. Dann zieht sie ein rosa Shirt von einem Kleiderständer. „Guck mal, das passende Oberteil für Kröten-Caro." Auf dem Shirt steht in Glitzerschrift *Teilzeit-Tussi*. Ich fange an zu lachen. „Aber bei Kröten-Caro müsste eher *Vollzeit-Tussi* draufstehen."

„Auch wieder wahr", grinst Pinky.

„Ich frage mich, warum ich nichts davon mitbekommen habe", überlege ich. Dabei fasse ich gedankenverloren irgendwelche Shirts an. „Yasar wirkte nicht unglücklich oder so …"

„Vielleicht kann er das gut überspielen", gibt Pinky zur Antwort. „Oder es macht ihm einfach wirklich nicht so viel aus. Vielleicht steckt auch ein anderes Mädchen dahinter …"

Ich schlucke und werde ein bisschen rot. Verwundert sieht mich Pinky an. Und dann scheint meine beste Freundin plötzlich meine Gedanken zu lesen oder – noch schlimmer – sie schaut mitten in mein Herz hinein und da sieht sie anscheinend mehr, als ich wahrhaben will.

„Scheiße, du bist in Yasar verliebt!", knallt mir Pinky jetzt direkt an den Kopf.

„Bin ich nicht!", versuche ich schwach abzuwehren, doch Pinky bleibt bei ihrer Behauptung. Ich fass es nicht! Gerade habe ich mich damit abgefunden, dass es nur eine kleine Verwirrung war, und nun fängt sie damit an. Warum muss sich Yasar auch ausgerechnet jetzt von Kröten-Caro trennen?

„Was willst du denn jetzt machen?", fragt Pinky.

„Nichts!", fauche ich sie an. „Ich bin nicht in Yasar verliebt, sondern glücklich mit Jan zusammen."

Pinky nickt und hat einen ganz mitleidigen Blick. „Ja, das kann ich gut verstehen. An deiner Stelle würde ich mir so was auch nicht eingestehen wollen."

Ich wende mich genervt ab und unsere restliche Shoppingtour verläuft etwas schweigsamer als sonst. Zum Glück bohrt Pinky nicht weiter. Mir gehen tausend Gedanken durch den Kopf. Die Vorstellung, dass Yasar sich für ein anderes Mädchen getrennt haben könnte, bringt mein Herz heftig zum Klopfen. Was, wenn ich dieses Mädchen bin? Nein, das ist unmöglich, ich bin schließlich in festen Händen und werde es auch bleiben!

Montag, 5. Mai

„Was, wenn ich dieses Mädchen bin?", fragt mich Julia heute in der Schule. Sie ist total aufgekratzt, seit sie von der Trennung weiß. Es hat sich wie ein Lauffeuer in unserer Klasse verbreitet. Kröten-Caro ist auch wieder da. Sie sieht ein bisschen anders aus als sonst, trauriger, aber sie setzt sich mit hoch erhobenem Kopf auf ihren Platz und lässt sich nichts anmerken. Irgendwie kann ich nichts dagegen tun: Ich habe tatsächlich Mitleid mit ihr. Wenn ich mir vorstelle, dass du wegen eines anderen Mädchens mit mir Schluss machen würdest, Jan – da dreht ein Nashorn in mir durch! Und das ist doch der eindeutige Beweis, dass ich etwas für dich empfinde und auch mit dir zusammen sein möchte, oder?

Jedenfalls liegt mir Julia nun in den Ohren, wie toll Yasar ist und dass sie es sowieso die ganze Zeit gewusst hat. „Die Traummannknete hat gewirkt!", sagt sie und sieht dabei richtig glücklich aus. „Jetzt muss ich nur noch überlegen, wie ich an Yasar rankomme. Vielleicht sollte ich ihn auch mal wegen Mathe-Nachhilfestunden ansprechen …"

„Wenn Yasar was von dir will, wird er schon kommen", sage ich gereizt. Ich kann diese Jubelhymnen auf Yasar nicht mehr hören. Bei jeder Gelegenheit schwärmt mir Julia vor, wie hübsch, lustig und intelligent er doch ist. Das heißt, sie flüstert mir das zu, damit die anderen es nicht mitbekommen. Und in der Pause schmachtet sie ihn dann an, aber Yasar scheint das überhaupt nicht zu bemerken. Davon abgesehen wirkt er wie immer. „Du übertreibst total", schimpfe ich irgendwann mit Julia. „Yasar ist auch nur ein stinknormaler Junge."

In der nächsten Stunde schweifen meine Gedanken immer öfter zu Yasar ab. Wenn ich ehrlich bin, hat Julia recht: Er ist wirklich ziemlich toll – aber das darf ich nicht denken! Oder denken schon, es ist ja nichts dabei, jemanden toll zu finden … aber fühlen darf ich es nicht. Oh Mann, kann man überhaupt etwas gegen seine Gefühle tun? Alle Nashörner in meinem Kopf schmettern mir ein kräftiges *NEIN* entgegen und mitten in der dritten Stunde Englisch bei Frau Sauerwein habe ich die tolle Erkenntnis: Pinky hat recht. ICH BIN IN YASAR VERLIEBT!

Schöne Scheiße! Das darf auf keinen Fall irgendjemand erfahren …

„Warum guckst du so komisch?", flüstert Pinky mir plötzlich zu und ich gucke noch ertappter. Kann sie etwa sehen, was gerade in meinem Kopf vorgeht?

„Wie denn?", frage ich mit trockenem Hals zurück.

„Weiß nicht." Pinky zuckt mit den Schultern und schaut wieder nach vorn an die Tafel, wo Frau Sauerwein gerade Vokabeln anschreibt.

Und ich entscheide: Nicht mal Pinky darf erfahren, dass ich in Yasar verknallt bin. Vielleicht geht das Gefühl ja auch ganz schnell wieder weg … oh Mann, ich hoffe es so …

In der vierten Stunde folgt die Ernüchterung des Alltags: Frau Semmel schreibt mit uns einen unangekündigten Bio-Test. Als wäre das Leben nicht schon hart genug – nein, sie muss uns noch so was reinwürgen. Ich habe keinen blassen Schimmer vom Stoff und meine letzte Rettung ist das Schummeln. Was soll ich auch sonst tun? Bei Frau Sauerwein funktioniert es ja auch …

Am liebsten hätte ich das gesamte Blatt aufgegessen, so wie das die Schüler in den alten Pauker-Filmen machen, aber leider war das Papierknäuel zu groß. Es wäre mir im wahrsten Sinne des Wortes im Halse stecken geblieben. Frau Semmel reißt mir den Brocken aus der Hand und streicht ihn fein säuberlich auf der Tischplatte glatt. Ich heule los. Verdammt, wie konnte ich nur so dumm sein? Sie hätte niemals etwas gemerkt, wenn ich nicht so hysterisch das Papier zerknüllt hätte. In unserer Klasse ist es mucksmäuschenstill. Frau Semmel betrachtet das Blatt aus meinem Biologiehefter. „Ein klarer Betrug!", sagt sie dann mit ruhiger Stimme. „Diesmal kann ich leider keine Gnade mehr walten lassen, Lea. Das gibt eine Sechs."

Ich schluchze laut auf, doch das hilft jetzt auch nichts mehr. Pinky streichelt mir beruhigend über den Rücken. Mein Leben ist einfach nur schrecklich!

In Bio stehe ich jetzt also auch auf einer Fünf. So wie in Mathe und vermutlich auch in Französisch, wenn die nächste Arbeit nicht besser wird. An diesem Abend fühle ich mich, als würde ich mich selbst zum Schafott führen. Weinend beichte ich Mudda und Papa sämtliche schlechten Noten der letzten Wochen auf einmal und dass vermutlich meine Versetzung gefährdet ist. Wie erwartet fallen sie aus allen Wolken und reagieren völlig panisch. Papa sagt erst mal die Bandprobe mit Hajo und Oskar ab, dann wird ein Familien-Kriegsrat einberufen. Zwischendurch klingelt das Telefon, doch auch Oma Marion wird abgewimmelt. Als schließlich noch Hans Goldeisen vor der Tür steht, schickt Mudda ihn kurzerhand wieder weg und gibt ihm gleich den Troll mit, damit wir in Ruhe zu dritt reden können.

„Warum hast du uns denn nicht früher eingeweiht?", fragt Papa traurig. „Hast du so wenig Vertrauen zu uns?"

Solche Vorwürfe haben mir gerade noch gefehlt! Die sind schlimmer, als wenn sie schimpfen, dass ich zu faul sei und betrogen habe. Ich muss noch mehr heulen, aber eigentlich geht das gar nicht. Mudda nimmt mich in den Arm. „Vorwürfe bringen uns jetzt auch nicht weiter", sagt sie ganz sachlich und ich bin froh, dass wenigstens sie sich die Enttäuschung nicht weiter anmerken lässt. „Wir müssen überlegen, was wir jetzt tun. Ich war ja schon immer dafür, dass du auf die Waldorfschule …"

„Oh nein!", unterbricht Papa sie. „Lea wechselt nicht einfach so die Schule, nicht bevor wir etwas anderes probiert haben."

Ich nicke mit tränennassem Gesicht. Der einzige Grund, auf die Waldorfschule zu wechseln, wäre, Yasar nicht mehr sehen zu müssen. Jedenfalls nicht täglich. In der Freizeit würde ich ihm ja doch noch begegnen. „Ich will nicht von meinen Freunden weg!", sage ich.

„Siehst du!", triumphiert Papa in Muddas Richtung. Sie runzelt die Stirn. „Dann brauchst du professionelle Nachhilfe", sagt sie schließlich. „Ich kann nicht weiter Yasar Geld dafür zahlen, dass er dir nichts beibringt."

„Das sehe ich genauso", nickt Papa. „Wahrscheinlich lenkt Yasar dich eher noch vom Lernen ab." Wie recht er hat!

„Ist ja auch ein hübscher Kerl", sagt Mudda gutmütig. Jetzt fängt sie auch noch an! Gibt es in meiner Umgebung nur noch Yasar-Fans? Es wissen doch alle, dass ich mit dir zusammen bin, Jan – warum machen sie dann solche Bemerkungen?

„Okay", sage ich und ziehe die Nase hoch. „Ich sage Yasar ab und gehe zu so einem Nachhilfeinstitut."

„Ich gucke gleich mal im Internet, welches die besten Erfolge aufzuweisen hat!", meint Mudda.

Das ist eine gute Lösung! Sowohl für meine Schulnoten als auch für das Gefühlschaos in mir drin. Ich sage nur: Nashörner überall! Mehr, als ich in meinen schlimmsten Albträumen befürchtet habe.

Donnerstag, 8. Mai

Der Himmel voller Nashörner! Allerdings keine rosaroten – wie dicke Gewitterwolken hängen sie da und wollen sich einfach nicht verziehen. Ich versuche, Yasar aus dem Weg zu gehen, was in der Schule auch einigermaßen funktioniert. Vor dir lasse ich mir auch nichts anmerken. Es klappt, weil ich dich einfach so lieb hab, Jan, und weil ich nicht will, dass das zwischen uns zerbricht.

Mudda hat ein Nachhilfeinstitut für mich aufgetrieben. Es liegt auf meinem Heimweg, sodass ich nach der Schule direkt dort vorbeigehen kann. Nächste Woche geht's los …

Am Nachmittag kommt Yasar zur Nachhilfe vorbei. Ich wusste einfach nicht, wie ich ihm kündigen sollte. Vor allen Leuten in der Pause wollte ich es nicht tun und per Handy fand ich zu unpersönlich.

Seit er sich von Kröten-Caro getrennt hat, habe ich ihn noch kein einziges Mal allein getroffen (das vermeide ich ja auch). Deshalb habe ich kurzerhand beschlossen, es ihm heute gleich zu Beginn der Nachhilfe zu sagen.

Er sitzt an meinem Schreibtisch und grinst mich an. Eigentlich wie immer. „Na?", sagt er und ich: „Na?", weil mir nichts Besseres einfällt. Nichts ist wie immer, verdammt! Im ganzen Raum sind fette Nashörner, die sich so breitmachen, dass sie einem die Luft zum Atmen nehmen. Das muss Yasar einfach auch merken …

„Wollen wir anfangen?", fragt er und kramt in seinem Rucksack.

Ich schüttele den Kopf. „Nee, lass mal. Du, ich muss dir was sagen …"

Überrascht hebt Yasar den Kopf. Er schaut mich ein bisschen lauernd an.

„Ich krieg jetzt Nachhilfe in so einem Institut", beginne ich und Yasar sieht komischerweise aus, als würde er aufatmen. „Sonst schaff ich die Klasse nicht und meine Eltern können nicht doppelt zahlen."

Seufzend lässt Yasar seinen Taschenrechner und sein Mäppchen wieder in seinem Rucksack verschwinden. „Irgendwie haben sich gerade alle gegen mich verschworen", sagt er nur und ich erwarte, dass er seinen Rucksack nimmt und geht. Tut er aber nicht.

„Wieso?", erkundige ich mich deshalb, obwohl ich ja längst von der Trennung weiß. Alle wissen davon.

„Mann, Lea, mir geht's total beschissen!", entfährt es Yasar und ich denke mir, dass er das bislang ziemlich gut verbergen konnte.

„Etwa wegen Kröten-Caro?", frage ich.

Yasar lacht kurz auf. „Ja, gut, dann nenne ich sie jetzt eben auch so. Wegen Kröten-Caro …"

„Aber warum hast du überhaupt Schluss gemacht?"

Yasar sieht mich ein wenig entgeistert an. „Erzählt Caro das? Sie hat doch Schluss gemacht. Und zwar wegen irgendsoeines Typen aus Holland, den sie in den Ferien kennengelernt hat. Mit dem skypt sie jetzt andauernd …" Plötzlich stehen Tränen in seinen Augen. „Scheiße!" Er wischt sich schnell über das Gesicht und wendet seinen Kopf ab. Doch offensichtlich kann er nichts dagegen machen, dass er weinen muss. Ich streichele ein wenig seine Schulter. Wie gut sie sich anfühlt … „Hey, ist schon okay!", sage ich, aber ich weiß nicht, was mich mehr überrascht: dass Kröten-Caro ihn verlassen hat oder dass Yasar vor mir heult. Das ist das erste Mal überhaupt, dass ein Junge vor mir weint (abgesehen vom Troll). Ich finde das jedoch überhaupt nicht schlimm. Im Gegenteil: Auch Jungs haben das Recht, zu weinen, und dass Yasar vor mir die Tränen nicht zurückhalten kann, empfinde ich irgendwie als etwas Besonderes. Dass er sich allerdings wegen Kröten-Caro so anstellt, kann ich überhaupt nicht nachvollziehen. Na ja, wo die Liebe halt hinfällt! Eigentlich sollte ich froh sein, dass Yasar offensichtlich noch was für Kröten-Caro empfindet. Er hat sich mittlerweile wieder beruhigt und putzt sich die Nase. „Kannst du mir einen Gefallen tun?", fragt er dann.

„Was denn?", entgegne ich neugierig.

„Genau genommen zwei. Erstens: das hier gerade bleibt unter uns …"

„Kein Problem!" Ich werde schweigen wie ein Grab, nicht mal dir oder Pinky werde ich was erzählen …

„Und außerdem – meine Cousine heiratet übernächstes Wochenende. Kröten-Caro wollte da eigentlich mitkommen. Also, wenn du Lust hast …"

„Das kommt überhaupt nicht infrage!", falle ich ihm etwas zu heftig ins Wort. Wie stellt sich Yasar das vor? Auf wie vielen Hochzeiten soll ich denn eigentlich tanzen??

„Hey, warum nicht? Das ist megacool, eine echte türkische Hochzeit muss man einfach mal erlebt haben."

„Nein!"

„Wieso, interessiert dich das nicht …?"

Samstag, 10. Mai

Ich war mir ganz sicher, dass ich nicht auf diese türkische Hochzeit gehen würde. Aber Yasar hat so lange auf mich eingeredet, bis ich schließlich nachgegeben habe. Seinen Hundeaugen kann ich einfach nichts abschlagen, das ist echt schrecklich. Natürlich hab ich ein tierisch schlechtes Gewissen! Die ganze Zeit überlege ich, ob ich es dir sagen soll, Jan. Auf der einen Seite wäre es das Beste, denn wenn man nichts zu verbergen hat, kann man ja auch geradeheraus darüber reden. Dummerweise habe ich etwas zu verbergen. Ich hoffe wirklich, dass meine Gefühle für Yasar bald vorbeigehen. Bis dahin habe ich mir vorgenommen, über dieses Thema zu schweigen. Mir ist nämlich aufgefallen, dass etwas umso schlimmer wird, je mehr man darüber redet. Und wenn ich zum Beispiel Pinky erzählen würde, dass sie mit ihrer Vermutung mal wieder voll ins Schwarze getroffen hat, dann würde ich bestimmt ganz schnell noch viel mehr für Yasar empfinden. Deshalb versuche ich, nicht darüber nachzudenken. Dir habe ich aber trotzdem nichts von der Hochzeit gesagt. Ist besser so.

Hans Goldeisen arbeitet hart an seiner Image-Veränderung. Mittlerweile geht er in unserer Wohnung ein und aus, als würde er zur Familie gehören. Das vegane Leben fällt ihm sichtlich schwer, und als Papa letztens mal wieder mit Hajo und Oskar im Wohnzimmer gespielt hat, ist er mitten in die Probe reingeplatzt und hat patzig gemeint: „Müsst ihr denn ausgerechnet von *Leberwurst* singen?" Daraufhin hat Papa den Verstärker hochgedreht und geradezu freudig „Hau auf die Leberwurst" gebrüllt.

Hans Goldeisen hat sich aber auf seine Weise gerächt. Er gibt seit Neuestem dem Troll Gesangsunterricht, und als Erstes haben sie das Lied *Santa Maria* von Roland Kaiser einstudiert. Ich habe dem Troll klarzumachen versucht, dass er kein Superstar werden kann, wenn er Goldeisen nacheifert. Aber der Troll meinte nur, dass die Leute bei DSDS ja auch nicht alle wie Dieter Bohlen seien. Und von Hans könne er auf jeden Fall noch etwas lernen. Nur was?

Goldeisen hat doch tatsächlich Papa nachgemacht und eine Zeile im Lied *Santa Maria* umgedichtet. Statt *Santa Maria … den Schritt zu wagen* singt der Troll jetzt in dieser Liedzeile immer *Santa Maria … der Schnitzelwagen* – und ist auch noch stolz darauf! Ich sag dir, Papa hat gekocht vor Wut, als er das mitbekommen hat. Den Fleischverzicht hat Goldeisen jedenfalls noch nicht so richtig im Griff.

Papa würde niemals Tofu-Würstchen essen. Aber egal, was sich in unserem Kühlschrank befindet – mit Hans Goldeisen möchte er es auf keinen Fall teilen. Das hat er später auch Mudda gesagt und es gab mal wieder Streit. „Warum sitzt der eigentlich den ganzen Tag bei uns rum wie so ein Arbeitsuchender?", blökt Papa hitzig, worauf Mudda zurückschreit: „Wenn deine Bandmitglieder hier ständig mitessen, kann sich Hans ja wohl auch mal ein Würstchen, äh, ich meine eine Karotte oder so, aus unserem Kühlschrank nehmen!"

Außerdem sei die Universum-Therapie sehr wichtig für Hans, er habe schon große Fortschritte gemacht. Sowohl Mudda als auch Papa haben sich im Recht gefühlt, aber Papa hat sich schließlich durchgesetzt. Natürlich nur, weil Mudda laut eigenen Angaben den Streit nicht länger ertragen hat. (Und weil ihre Eltern morgen kommen, die gleichen Hajo und Oskar dann wieder aus.) Deshalb geht Mudda ab jetzt immer nach unten zu Hans Goldeisen und hält dort die Universum-Therapie mit ihm ab.

Sonntag, 11. Mai

Heute Vormittag haben wir Oma Anna und Opa Thomas am Flughafen abgeholt. Wir waren alle total aufgeregt, weil wir sie ja fast drei Jahre lang nicht gesehen haben. So lange ist es her, seit sie nach Nepal gegangen sind, um dort in einem Kloster intensiv den Buddhismus zu studieren. Als sie endlich hinter der Absperrung auftauchten, hat Mudda sofort angefangen zu weinen. Der Troll und ich mussten auch losheulen, und Oma Anna und Opa Thomas vergossen ebenfalls Sturzbäche, so groß war die Wiedersehensfreude. Selbst Papa hatte ein paar Tränen in den Augen.

Zu Hause gab es dann erst mal Geschenke aus Nepal. Ich habe eine goldene Kette mit einer Lotusblüte als Anhänger bekommen. Sie sieht wunderschön und sehr edel aus. Ich habe sie sofort umgelegt. Auch Mudda hat sich über ihre Räucherstäbchen, die Klangschale und einen bunten Seidenschal sehr gefreut. Beim Troll und Papa haben Oma Anna und Opa Thomas nicht so das Händchen gehabt wie bei

Mudda und mir. Sie haben jeder eine weite gestreifte Yogahose bekommen, die auch noch glitzert. „Die kann ich höchstens zum Schlafen anziehen", ist es Papa entfahren, doch auf einen Rippenstoß von Mudda haben er und der Troll sich artig bedankt und die Hosen sogar mal angezogen. Später haben sich Oma und Opa in unserem Wohnzimmer häuslich eingerichtet. Na ja, und jetzt sieht es dort ein bisschen wie in einem buddhistischen Tempel aus – es riecht auch so, da sie überall Räucherstäbchen aufgestellt haben. Seitdem hält sich der Troll andauernd die Nase zu. Außerdem haben sie so eine bunte Girlande einmal quer durchs Wohnzimmer aufgehängt, buddhistische Gebetsfahnen aus dem Himalaja, wie mir Oma Anna erklärt hat. Den Fernseher haben sie rausgeschmissen, sehr zu Papas Freude, der hat ihn gleich im Schlafzimmer angeschlossen. Stattdessen steht jetzt eine Buddha-Statue auf dem Fernsehtisch und darüber hängt ein Bild von ihrem Guru aus Nepal.

Abends kommst du zu uns und da kann ich dir Oma Anna und Opa Thomas gleich in voller Aktion präsentieren.

Wir schließen so geräuschlos wie möglich die Wohnzimmertür und verziehen uns in mein Zimmer. Nachdenklich guckst du auf meine kahle Zimmerwand. „Wo ist eigentlich das Poster?" Das fällt dir ja wirklich früh auf, Jan. Ich erkläre, dass ich keine Lust mehr auf das Poster hatte. Tatsächlich hat meine Schwärmerei für Tim Bendzko schon deutlich nachgelassen, seit ich das Poster entfernt habe. Wenn ich doch Yasar auch so einfach aus meinem Blickfeld verbannen könnte.

„Yasar und ich kommen übrigens auch mit zum Tim-Bendzko-Konzert", sagst du. Julia hat am Freitag in der Pause gefragt, für wen sie eine Karte besorgen soll. Zum Glück bezahlt Oma Marion mir den Eintritt, er ist ja nicht gerade billig und Oma freut sich immer, wenn sie etwas für meine musikalische Weiterbildung tun kann. Tim Bendzko steht bei ihr sowieso in einer Linie mit Hans Goldeisen …

nur weil beide auf Deutsch singen. Das war's dann aber auch schon mit den Gemeinsamkeiten.

„Schade, dass ich am nächsten Samstag nicht mit auf die türkische Hochzeit kann", sagst du plötzlich wie aus heiterem Himmel. Ich starre dich entgeistert an. Yasar hat dich auch zur Hochzeit eingeladen? „Wir haben ein wichtiges Fußballspiel", sagst du und ein Nashorn beginnt in meinem Bauch zu dribbeln.

„Dann komme ich natürlich zu deinem Spiel", sage ich eine Spur zu schnell und da beginnst du schallend zu lachen. Was soll das denn jetzt?

„Lass mal, Lea. Ich weiß doch, dass Fußball eine Qual für dich ist. Geh lieber auf die Hochzeit, da hast du mehr Spaß. So ein türkisches Fest muss ein Riesenevent sein. Da würde ich auch gern mal mitfeiern." Mit einem fetten Kloß im Hals nicke ich. „Trotzdem würde ich viel lieber zu deinem Spiel kommen", sage ich leise und es stimmt sogar irgendwie. Auf das langweilige Fußballspiel zu gehen wäre so viel einfacher, als mit Yasar auf der türkischen Hochzeit zu tanzen, auch wenn mir Letzteres vielleicht besser gefällt. Aber das will ich vor dir nicht zugeben. Oh Gott, bin ich hinterhältig! Wie Kröten-Caro, als sie in Holland den Typen kennengelernt hat. Zumindest stelle ich es mir so vor. Aber so will ich doch gar nicht sein! „Ich gehe nicht auf die Hochzeit", sage ich entschlossen.

Du nimmst mich grinsend in den Arm und gibst mir einen Kuss. „Sorry, aber so gut kenne ich dich mittlerweile. Du kannst mir nichts vormachen. Geh ruhig zur Hochzeit, ich hab echt kein Problem damit."

„Okay", antworte ich mit fester Stimme. Das mit Yasar wird eine rein freundschaftliche Veranstaltung, das nehme ich mir fest vor. Ich bin keine, die ihren Freund betrügt … so was ist wirklich total gemein.

Mir fällt plötzlich etwas ein. „Demnächst melde ich mich im Schwimmverein an." Eigentlich hab ich da überhaupt keine Lust drauf. Aber dir zuliebe tu ich fast alles. Ich merke ja, dass du gern eine sportliche Freundin hättest. Außerdem schwimme ich ganz gern … und du freust dich, dass ich in den Schwimmverein gehen will – das ist die Hauptsache.

Ach, Jan! Ich kann schon wieder nicht einschlafen. Heute war ja auch wirklich ein aufregender Tag. Oma Anna und Opa Thomas sind da! Die beiden sind zeitig schlafen gegangen, weil sie von dem langen Flug noch so erschöpft waren.

Du hast gesagt, dass du mal zum Meditieren mitkommen würdest. Das finde ich voll schön!

Seit du mir quasi *erlaubt* hast, mit Yasar zur Hochzeit seiner Cousine zu gehen, hab ich kein so schlechtes Gewissen mehr. Ich freu mich sogar ein bisschen drauf und überlege, ob ich mir noch ein neues Kleid dafür kaufen muss. So ein richtig schickes Kleid hab ich nämlich gar nicht. Aber vielleicht ist das auch übertrieben? Was zieht man auf einer türkischen Hochzeit überhaupt an? Ich schreibe diese Frage mal kurz an Yasar, und obwohl es schon nach elf ist, bekomme ich postwendend Antwort: *schicker Fummel und 'ne Hochsteckfrisur.*

Eine Hochsteckfrisur? Wie soll ich das denn hinkriegen – meine

Haare sind dünn und zu kurz, da kann man gar nichts hochstecken. Oder? Ich muss mal im Bad gucken, was da eventuell geht. Im Flur begegne ich Mudda.

Komisch, irgendwie war Mudda genauso erschrocken wie ich. So, als hätte ich sie bei irgendwas ertappt. Ein Abendspaziergang ist aber doch eigentlich harmlos. Nur, wenn ich so drüber nachdenke – ich habe Mudda gerade gesagt, dass ich aufs Klo muss … das könnte unter Umständen bedeuten, dass ihr Abendspaziergang auch nur ein Vorwand war, nur für was? Mudda macht den Spaziergang ohne Papa … Gut, der spielt heute Abend wieder mit seiner Band in irgendeiner Kneipe vor kichernden Frauen … was, wenn Mudda Papa heimlich ausspioniert? Oder sie trifft irgendjemanden? Okay, ich glaube, jetzt sehe ich Gespenster. Mudda und ein Liebhaber? Das kann ich mir nun beim besten Willen nicht vorstellen.

Das einzige Gespenst, das mir begegnet, bin ich selber, als ich im Bad in den Spiegel schaue. Wie bitte schön soll ich aus diesen Fusseln eine Hochsteckfrisur hinkriegen? In allen Schubladen und Kästchen suche ich sämtliche Haarnadeln und Klammern zusammen, die ich nur finden kann. Meine Haare sind echt unfassbar! Die Strähnen flutschen einfach so aus den Klammern wieder raus. Vielleicht geht es mit Gel besser. Haarspray gibt es bei uns leider nicht. Mudda verbietet Sprühdosen, zu schädlich für die Umwelt. Mit der Zunge zwischen den Lippen drehe ich eine Strähne nach der anderen aufwärts und dabei merke ich gar nicht, wie die Zeit vergeht. Plötzlich geht die Badezimmertür auf und Papa steht im Türrahmen. Über der Schulter hat er noch den Gitarrenkasten. „Lea, was machst du da?", fragt er entgeistert.

Ich wirbele zu ihm herum. „Ich … ich konnte nicht schlafen", stammele ich.

„Und deshalb drehst du dir Rastazöpfe?" Fassungslos starrt Papa meine Frisur an und ich fasse panisch in meine Haare. „Rastazöpfe? Das soll eine Hochsteckfrisur sein! Sieht man das nicht?"

Papa schüttelt den Kopf und reibt sich zur Sicherheit noch mal die Augen. Vielleicht ist er auch einfach nur müde, denn jetzt gähnt er. „Euch Frauen soll mal einer verstehen. Wozu brauchst du mitten in der Nacht eine Hochsteckfrisur?"

Ich muss ein bisschen lachen. „Brauch ich ja gar nicht. Ich wollte nur schon mal üben. Am Samstag geh ich nämlich auf eine türkische Hochzeit."

„Aha. Und da musst du jetzt schon …?" Papa unterbricht sich selbst und mit einem weiteren Blick auf meine Haarpracht fügt er hinzu: „Na ja, offensichtlich musst du üben … aber geh jetzt mal ins Bett, du musst morgen fit für die Schule sein." Bevor er ins Schlafzimmer geht, dreht er sich noch mal um. „Lea?" Ich sehe es genau in seinem Blick – ihn beschäftigt etwas ganz anderes als meine Frisur oder die Schule (hab mich schon gewundert, dass er es gar nicht so schlimm findet, dass ich noch wach bin). „Lea, weißt du zufällig, was Mudda in letzter Zeit so spätabends noch draußen macht?"

Ich zucke mit den Schultern. „Sie macht öfter Abendspaziergänge?", frage ich zurück. Papa nickt. „Das sagt sie zu mir auch", murmelt er gedankenverloren.

Aber offenkundig glaubt er das nicht. Was ist nur mit meinen Eltern los? Haben sie seit Neuestem Geheimnisse voreinander?

Mittwoch, 14. Mai

Gestern war ich nach der Schule zum ersten Mal beim Nachhilfeinstitut. Dort hat mir eine Mathematikstudentin Einzelunterricht gegeben und ich muss sagen, es war nicht schlecht. Um genau zu sein, war es ein riesengroßer Unterschied zu Yasars Unterricht. Sie hat mit mir Aufgaben aus der siebten Klasse gemacht. Als ich ihr erklärt habe, dass ich schon in die achte Klasse gehe, meinte sie nur, meine Grundlagen seien so miserabel, dass sie in der siebten anfangen müsse. Na, danke! Jedenfalls habe ich verstanden, was sie mir erklärt hat, und deshalb war es nicht schlecht. Ich habe allerdings noch meine Zweifel, ob es mir für meine nächste Mathearbeit helfen wird.

Als ich nach Hause komme, höre ich bereits vor der Haustür fernöstliche Meditationsklänge aus unserem Wohnzimmer. Es riecht auch schon wieder so komisch. Unsere Wohnung ist die reinste Räucherbude, seit Oma Anna und Opa Thomas da sind. Also, das soll jetzt nicht abfällig klingen, ich freu mich wirklich sehr, dass die beiden hier sind, aber der Geruch der Räucherstäbchen ist wirklich gewöhnungsbedürftig. Der Troll rennt wieder mal mit zugehaltener Nase an mir vorbei. Ich schaue kurz ins Wohnzimmer rein, da sitzen sie, Oma, Opa, Mudda – und Hans Goldeisen ist auch schon wieder da. Mit einem sanften Lächeln auf den Lippen und geschlossenen Augen hat er den Lotussitz eingenommen und haucht leise „Om!" vor sich hin. Und nicht nur das!

Hans Goldeisen trägt doch tatsächlich Papas Yogahose – das ist echt zu viel! Mir krampft sich der Magen zusammen, als ich das sehe. Am liebsten würde ich jetzt sofort das allergrößte Nashorn rauslassen, damit es Goldeisen in den Hintern pikst und aus unserer Wohnung verjagt.

Eigentlich bin ich mir ganz sicher, dass Hans Goldeisen nicht Muddas Typ ist – aber langsam wird es echt komisch. Ich meine, immerhin verändert er sich gerade und vielleicht gefällt Mudda das ja … iiiih, ich will überhaupt nicht darüber nachdenken. Das wäre wirklich schlimm!

Mudda winkt mir, als sie kurz die Augen öffnet und sieht, dass ich da bin. Doch ich verziehe mich lieber gleich in mein Zimmer. Zusammen mit Hans Goldeisen möchte ich auf keinen Fall meditieren.

Papa rastet aus, als er erfährt, dass Mudda die Hose Hans Goldeisen geschenkt hat. „Du wolltest sie für einen guten Zweck spenden!", ruft er empört, worauf Mudda gelassen erwidert: „Das habe ich doch! Hansi trägt die Hose mit viel Respekt."

„Hansi trägt die Hose mit viel Respekt!", äfft Papa sie wütend nach. „Was soll das eigentlich heißen? Warum weicht dieser Kerl nicht mehr von deiner Seite?"

„Das ist alles Teil der Therapie."

„Es ist Teil der Therapie, dass er an deinem Rockzipfel hängt und meine Sachen trägt?"

Ich kann Papa verstehen. In unserer Wohnung ist zurzeit dauernd was los ... jetzt kommen auch noch Oskar und Hajo zur Bandprobe. Aber weil Oma und Opa ja das Wohnzimmer belagern, spielt die Band heute einfach mal im Flur. Dass sich noch niemand im Haus beschwert hat, ist wirklich ein Wunder. Und wie ich in diesem Tumult in Ruhe lernen und auch noch gute Noten schreiben soll, ist mir auch ein Rätsel ...

Donnerstag, 15. Mai

Obwohl unsere Wohnung gestern Abend mal wieder überfüllt war, haben Mudda und Papa noch daran gedacht und mich gefragt, wie der Nachhilfeunterricht war. Sie haben sich sehr gefreut, dass ich anscheinend eine gute Lehrerin erwischt habe.

Heute in der Pause reden wir auch alle darüber. Yasar meint, ich hätte ihm ruhig mal früher sagen können, dass ich noch auf dem Stand einer Siebtklässlerin bin. Schnippisch entgegne ich, dass ein guter Nachhilfelehrer das wohl merken müsste. Julia ergreift Partei für Yasar (na klar, sie glaubt wohl, so was gefällt ihm) und du sagst schließlich, dass wir uns nicht so anzicken sollen. Schließlich lachen wir, und als Julia die Karten für das Tim-Bendzko-Konzert hervorholt und verteilt, sind wir alle schon längst wieder versöhnt. Aus den Augenwinkeln sehe ich, wie Kröten-Caro zu uns herüberschaut. Seit sie mit Yasar Schluss gemacht hat, steht sie mit ihrer Mädels-Clique ziemlich im Abseits. Tja, selber schuld, mein Mitleid hat leider gerade Ferien.

Am Ende der Pause raunt Yasar mir noch zu, dass er schon ziemlich gespannt sei, was ich auf der Hochzeit tragen werde. Panisch schaue ich mich um, doch du hast zum Glück nichts mitbekommen. Yasar ist unmöglich! Aber, oh Mann, ich glaube, ich hab nichts zum Anziehen … ich muss mir unbedingt noch ein Kleid kaufen …

Heute komme ich leider nicht mehr dazu, shoppen zu gehen, denn ich muss zum Schwimmen. Julia ist jetzt festes Vereinsmitglied und ich hab mich zumindest mal probeweise angemeldet. Auf dem Weg zum Schwimmbad erzählt Julia mir, dass ihr das Vereinsschwimmen viel Spaß macht. „Da hatte Tom doch etwas Gutes", meint sie und ich schaue sie irritiert an. „Wie?"

„Na ja, ich habe mich ja wegen ihm angemeldet. Aber seit Yasar wieder Single ist …" Julia macht eine bedeutungsvolle Pause. „Wenn er nur nicht so schüchtern wäre …"

„Wer, Yasar?" Ich muss losprusten und kriege mich nicht mehr ein. Dass ich am Samstag mit ihm auf die türkische Hochzeit gehe, verschweige ich mal lieber.

„Hahaha, Spaß! Spaß, Spaß, Spaß!", stimmt Julia singend in mein Gelächter mit ein. Dann wird sie abrupt still. „Jetzt mal im Ernst. Ich glaube wirklich, dass Yasar nicht so ist, wie er vorgibt. Seine lustige Art – das ist alles nur Fassade. Er kommt gut bei den Mädels an, das weiß er und deshalb hat er auch keine Probleme, eine Freundin zu finden. Aber richtig verliebt war er bestimmt noch nie. Und deshalb macht ihm das Gefühl Angst – er wird schüchtern, wenn er vor diesem einen Mädchen steht …" Julia schaut versonnen vor sich hin und es ist klar, wen sie mit *diesem einen Mädchen* meint … Sie hat Yasar ausgiebig studiert, sonst könnte sie jetzt nicht so über ihn referieren. Vielleicht hat sie in gewisser Weise sogar recht, wobei ich mich frage, was dann das Geheule wegen Kröten-Caro sollte. „Yasar war total in Kröten-Caro verknallt", sage ich.

„*War* …", wiederholt Julia vieldeutig. „Aber *verknallt* ist nicht *verliebt*. Und vielleicht …"

„Julia", unterbreche ich sie, weil ich es nicht mehr ertrage. „Bitte hör auf, dir falsche Hoffnungen bei Yasar zu machen."

Julia schweigt gekränkt. Ich lege den Arm um sie. „Hey, gleich sehen wir Tom!", versuche ich sie aufzumuntern, doch Julia schüttelt meinen Arm ab. „Ich versteh nicht, warum du mir Yasar nicht gönnst", stößt sie grimmig hervor. „Du hast doch den Jan. ODER?" Sie blickt mir direkt in die Augen und ich muss ihrem Blick ausweichen. „Ja", sage ich schnell. „Aber darum geht es doch gar nicht." Wirklich nicht? Ich frage mich, wie ich reden würde, wenn Yasar mir nichts bedeuten würde. Vermutlich würde ich alles dafür tun, um Julia mit ihm zusammenzubringen. Genau, das ist überhaupt die Idee! Vielleicht kann ich ihm Julia irgendwie schmackhaft machen – wenn die beiden dann zusammen sind, ist für mich der Umgang mit Yasar nicht mehr so schlimm. Die Vorstellung versetzt mir zwar einen heftigen Stich – aber egal! Genialer Einfall … Ich sehe Julia fest an. „Du willst also unbedingt mit Yasar zusammenkommen?", frage ich. Wir sind vorm Hallenbad angekommen und sie bleibt kurz stehen. „Ja, natürlich. Du weißt doch, die Traummannknete …"

Ich nicke grinsend. „Okay! Dann rede ich mal mit ihm. Vielleicht vertraut er sich mir an. Immerhin sind wir gut befreundet …"

Julia fällt mir um den Hals. „Lea, du bist die Beste!"

Ja, die beste Heuchlerin aller Zeiten. Genau so fühle ich mich. Einfach nur jämmerlich.

Oh, Mann, das Schwimmen war eine Katastrophe.

Die Schwimmlehrerin Tanja ist ja ganz nett, aber gleich zu Beginn meint sie, wir sollen uns jetzt mal tausend Meter einschwimmen. TAUSEND Meter? EINSCHWIMMEN? Ich bin schon nach der Hälfte völlig fertig und muss mich mit Seitenstechen an den Rand setzen. Alle anderen schwimmen abwechselnd im Brust-, Kraul- oder Rückenstil, als wären sie kleine Meereswesen mit Flossen. Wie ein junger Delfin schießt Tom durchs Wasser und hält irgendwann prustend vor mir an. „Na, machst du schon schlapp?"

Ich nicke kleinlaut. Julia schlägt sich wacker, ich wusste gar nicht, dass sie so schnell ist. Irgendwie fühle ich mich hier völlig fehl am Platz. Wie peinlich, Jan, was soll ich dir nur sagen, wenn du mich fragst, wie es war? „Keine Angst, wenn du regelmäßig trainierst, wirst du bald genauso gut sein wie die anderen", muntert mich Tanja auf. Oh, eine Optimistin – sieht sie denn nicht, dass selbst die Achtjährigen im Verein mehr Kondition haben als ich?

Wenigstens scheinen die anderen Mädchen nett zu sein. Dachte ich! Nach dem Schwimmen sind ein paar jüngere Mädchen plötzlich total bescheuert. Ich habe im Schwimmbad immer Badelatschen an, weil ich Angst vor Fußpilz habe. Na ja, und wenn man mit nassen Füßen in Badelatschen rumläuft, dann hört sich das schon mal komisch an …

ALLE lachen! Sogar Julia. Am Anfang finde ich es auch noch lustig, aber irgendwann ist es mir echt zu doof. Wenn die Mädchen wenigstens *pupsen* gesagt hätten, *furzen* klingt richtig eklig! Dieser Schwimmverein ist voll schlimm!

Zu Hause ist mal wieder die Hölle los. Aus der Küche höre ich das übliche Geschrei. Mudda und Papa, wer auch sonst. Oma Anna und Opa Thomas treffe ich im Flur, sie sind anscheinend gerade auf der Flucht und lächeln mich ein wenig hilflos an. „Wir gehen ins buddhistische Zentrum", sagt Opa Thomas. „Möchtest du mitkommen?"

„Nein, danke", winke ich ab. „Ich, äh, muss noch ein bisschen lernen. Wenn ich mal mehr Ruhe habe, komme ich gerne vorbei."

Oma Anna seufzt. „Armes Kind. Wir wussten nicht, dass die Chakren in eurer Familie so durcheinander sind. Das hält ja der friedliebendste Mensch nicht aus."

Wem sagt sie das? In der Küche sind Papa und Mudda immer noch in eine hitzige Diskussion verwickelt. Auf dem Tisch sehe ich einen Briefumschlag liegen. „Was ist das denn?", frage ich und meine Eltern bemerken mich endlich mal. Wenigstens etwas.

„Das", beginnt Mudda verächtlich, „ist das grauenvolle Geschmiere von der Geliebten deines Vaters …"

„Du verdrehst die Tatsachen völlig!", fährt Papa dazwischen. „Nur weil du davon ablenken möchtest, dass Goldeisen einfach meine Post öffnet …"

„Hans Goldeisen hat den Brief an Papa aufgemacht?", frage ich ungläubig.

„Ja", gibt Mudda zu. „Er hat ihn auf der Kommode im Flur liegen sehen und dachte, er sei an ihn gerichtet. Schließlich ist die Anschrift ziemlich ungenau. *An den besten Sänger der Welt* – da weiß man doch wirklich nicht, wer gemeint ist."

„Natürlich weiß man das!", behauptet Papa. „Spätestens, wenn man den Brief dann einfach liest …"

„Hans hielt es für seine Pflicht, mich einzuweihen, dass du eine

Geliebte hast …", sagt Mudda mit Tränen in den Augen. Ich starre fassungslos von einem zum anderen. Irgendwie verstehe ich gar nichts mehr!

„Sie ist nur ein Fan. Wie oft soll ich das denn noch wiederholen?", ruft Papa verzweifelt.

„Warum schreibt sie dann, dass sie deine wundervollen Berührungen nicht vergessen kann?", brüllt Mudda und so eine Formulierung finde ich in der Tat auch äußerst merkwürdig.

„Weil sie nicht ganz dicht ist!" Papa nimmt den Brief und zerreißt ihn vor unseren Augen in tausend Schnipsel. „Ich habe dieser Frau zur Begrüßung und zum Abschied die Hand geschüttelt. Und für ein Foto habe ich den Arm um sie gelegt. Das waren die einzigen Berührungen. Was kann ich dafür, dass sie deswegen völlig austickt?"

Mudda starrt ihn nur an und erwidert nichts. Ihr fällt anscheinend nichts mehr ein. „Ich muss jetzt runter zur Therapiestunde mit Hans", murmelt sie nur und es klingt, als wäre Goldeisen ihr Therapeut und nicht umgekehrt. Dann verschwindet sie. Aber sie knallt nicht wie sonst die Tür hinter sich zu. Wenigstens etwas.

Papa schaut mich kopfschüttelnd an. „Diese Frau macht mich manchmal wahnsinnig."

Ich bin mir ganz sicher, dass Mudda der Auftritt von eben ziemlich peinlich ist. Aber ist es nicht normal, dass die Alarmglocken schrillen, wenn so ein Brief mit zweideutigem Inhalt auftaucht? Ich glaube, ein bisschen mehr gegenseitiges Vertrauen könnte meinen Eltern nicht schaden.

Freitag, 16. Mai

Heute erzähle ich in der Pause vom Schwimmen.

Das mit der Furzkanone lasse ich allerdings aus, das ist mir zu peinlich. Außerdem wäre es zu umständlich, dann noch zu erklären, dass es ja meine Badelatschen waren, die gepupst haben, und nicht ich. Julia sagt zum Glück auch nichts, stattdessen lächelt sie Yasar an, der wie immer nichts merkt.

„Die Schwimmlehrerin meinte, dass ich bestimmt bald so gut bin wie die anderen", sage ich, damit du mich nicht für die totale Null hältst, Jan. Und mit Blick auf Yasar füge ich hinzu: „Julia ist ja schon superschnell – würde mich nicht wundern, wenn die mal einen Wettkampf gewinnt."

Jetzt schaut Yasar endlich mal zu Julia und nickt anerkennend. Julia wird ein bisschen rot und winkt ab. „Quatsch, so gut bin ich auch wieder nicht!", sagt sie schnell und ich stöhne innerlich auf. Warum muss sie das jetzt runterspielen? Sie hätte doch auch einfach sagen können „Das wäre schön", oder? Denn sie ist wirklich gut.

Als ich sie später darauf anspreche, entgegnet sie: „Ach, ich hab immer Angst, dass ich dann eingebildet wirke, wenn ich stolz auf etwas bin. Voll blöd, ich weiß."

Ich nicke, aber irgendwie kann ich sie auch verstehen. Wenn ich mir zum Beispiel Kröten-Caro anschaue: Die macht keinen Hehl daraus, was sie alles kann. Und sie ist bei vielen Mädchen (außer ihrer Gefolgschaft) nicht gerade beliebt. Komischerweise kommt sie bei Jungs aber gut an.

Nach der Schule gehe ich mit Pinky in die Stadt. Ich habe da letztens so ein schickes Kleid gesehen. Es kostet 49 Euro, was für mich sündhaft teuer ist. „Wow!", sagt Pinky, als ich es anprobiere und aus der Kabine rauskomme. „Das steht dir echt gut! Aber wozu brauchst du das eigentlich?"

„Ach …" Ich drehe mich schnell von ihr weg und betrachte mich ausgiebig im Spiegel. Oh nein, ich bin ganz rot im Gesicht. „Einfach so", weiche ich aus. „Es gibt doch immer mal Feste, wo man so was braucht."

Zum Glück gibt sich Pinky mit dieser Antwort zufrieden. Trotzdem habe ich ein furchtbar schlechtes Gewissen. Nicht nur, weil ich meiner besten Freundin was verheimliche oder weil ich so viel Geld für das Kleid hinblättern muss, sondern vor allem, weil ich es ja quasi für Yasar tue.

Samstag, 17. Mai

So kann das nicht weitergehen. Echt nicht …

Ich habe niemandem erzählt, dass mein Kleid neu ist. Mudda hat es natürlich gemerkt, aber sie hat kein weiteres Wort darüber verloren, sondern nur gemeint, dass ich sehr hübsch aussehe, als ich heute Vormittag das Haus verlassen habe. Papa, Oma Anna und Opa Thomas haben das bestätigt und deshalb fahre ich jetzt gut gelaunt zu Yasar. Meine Haare sind offen und ich hoffe sehr, dass es okay ist. Mann, ich habe schon wieder ein schlechtes Gewissen, weil ich so fröhlich bin. Dabei ist alles im grünen Bereich. Ich habe vorhin mit dir telefoniert, Jan, dir viel Glück für dein Spiel gewünscht und versprochen, heute Abend ausführlich von der türkischen Hochzeit zu berichten. Und du hast mir noch mal versichert, dass es nicht schlimm ist, wenn ich nicht bei deinem Spiel zuschaue. Wenn ihr gewinnt, kommst du vielleicht sogar noch auf die Feier nach. Also, alles gut. Oder?

Ich treffe mich mit Yasar an der Haltestelle, die in der Nähe des Hauses seiner Cousine Nuriye liegt. Bei einer türkischen Hochzeit ist es nämlich Brauch, dass der Bräutigam die Braut auslösen muss. Das heißt, sie wird von ihrem Bruder im Haus der Familie festgehalten, bis der zukünftige Ehemann einen Haufen Kohle für sie hingeblättert hat. Und mit Haufen Kohle ist wirklich ein Haufen gemeint – da können schon mal locker über 500 Euro zusammenkommen. So hat es mir Yasar zumindest erklärt. Als ich die Rolltreppe von der U-Bahn hochfahre, grinst er mir entgegen. Er trägt einen schwarzen Anzug und polierte Schuhe und seine Haare glänzen, als ob er sich eine ganze Tube Gel hineingeschmiert hätte. Hat er vermutlich auch. So habe ich ihn noch nie gesehen – der andere Yasar gefällt mir definitiv besser.

Er mustert mich von oben bis unten und es entfährt ihm ein kurzes „Wow!"

In diesem Moment hüpfen mindestens zehn kleine Nashörner in mir hoch – ich kann einfach nichts dagegen tun, so sehr ich mich auch bemühe. Verlegen streiche ich mir durch die Haare. „Tut mir leid, das mit der Hochsteckfrisur hat nicht geklappt."

Yasar lacht, aber es hört sich anders an als sonst, kehlig irgendwie, fast wie ein Räuspern. „Das war doch ein Witz!"

„Ach so." Dass ich deswegen nachts vorm Spiegel gestanden habe, behalte ich mal besser für mich.

Vor dem Haus seiner Cousine hat sich ein Menschenauflauf versammelt. „Das sind alles Gäste meiner Cousine und ihres Mannes", erklärt Yasar.

Ich starre ihn überrascht an. Irgendwie hab ich mir vorgestellt, dass bei der Auslösung der Bräutigam und ein paar Verwandte vor der Tür stehen. Mit so vielen habe ich nicht gerechnet. „293", sagt Yasar so stolz, als wäre es seine eigene Hochzeit. „Und das ist nur der Familienkreis! Auf die offizielle Feier kommen über 800 Gäste. Ich hab dir doch gesagt, dass es ein Megaereignis ist."

Okay, dass türkische Hochzeiten groß sind, wusste ich, aber niemand hat davon gesprochen, dass sie gigantisch sind. Immer wieder geht die Tür auf und der Bruder von Nuriye nimmt Geld von Tekin, dem Bräutigam entgegen. Irgendwann scheint es wohl endlich genug zu sein. Dann öffnet Nuriye die Tür und fällt Tekin strahlend um den Hals. Sie küssen sich stürmisch und alle klatschen jubelnd Beifall. Die Braut hat ein funkelndes weißes Kleid an und strahlt über alle Maßen. Es heißt ja immer, das sei der schönste Tag im Leben. Komische Gedanken gehen mir durch den Kopf. Ob ich an meiner Hochzeit auch so glücklich sein werde? Ob ich jemals heirate? Und wenn ja, wen? Dich, Jan? Ich seufze laut auf und Yasar gibt mir einen leichten Rippenstoß. „Ihr Mädchen seid echt alle gleich. Kaum seht ihr ein Hochzeitspaar, fangt ihr an zu heulen."

„Ich heule überhaupt nicht", entgegne ich empört. Gedanken kann Yasar schon mal nicht lesen. Was für ein Glück!

Jetzt erschallt laute türkische Musik aus dem geöffneten Fenster und alle 293 Gäste tanzen ausgelassen auf der Straße und machen viel Krach. Auch das ist ein Brauch. Irgendwie kann ich nicht so viel damit anfangen. Also, ich tanze ja auch gern, aber gerade komme ich mir richtig deutsch und langweilig vor, weil ich nicht so begeistert sein kann wie die anderen Gäste.

„Da sind meine Eltern", sagt Yasar plötzlich und zieht mich aus der Menge heraus. Eh ich mich versehe, werde ich von einer Frau in einem schicken Kostüm und kunstvoll aufgetürmten Haaren in die Arme geschlossen.

Wie bitte? Hat Yasar mich etwa mitgenommen, um mich vor seiner Familie als seine Freundin zu präsentieren? Das glaube ich jetzt nicht! Muss ich auch nicht, denn Yasar sagt schnell: „Das ist nicht Caro, das ist Lea, eine gute Freundin. Caro konnte leider nicht kommen."

„Ah, schade!" Yasars Mutter sieht mich an und streicht mir lächelnd über die Schulter. „Herzlich willkommen, Lea. Ich muss leider noch etwas erledigen, aber wir sehen uns ja später noch." Und schon rauscht sie davon. Mir fällt auf, wie perfekt sie Deutsch spricht. Und ein Kopftuch trägt sie auch nicht.

„Meine Eltern sind beide in Deutschland aufgewachsen", erklärt mir Yasar. „Wir Türken sind moderner, als du denkst. Viele Frauen bei uns tragen gar kein Kopftuch. Aber einige türkische Traditionen werden trotzdem aufrechterhalten. Ich finde das schön."

Irgendwie habe ich noch nie darüber nachgedacht, dass Yasar Türke ist. Wir reden ein bisschen darüber und er sagt, dass er sich mehr als Deutscher fühlt, weil er hier aufgewachsen ist. „Ganz korrekt gesehen, bin ich Deutscher mit türkischer Abstammung. Das Türkische ist mir auch voll wichtig. Ich find es cool, beides zu sein. Eigentlich sind wir ja alle Europäer", meint er schließlich und ich finde, das hört sich schon gut an. „Aber es leben ja auch viele Nichteuropäer in Europa", sage ich und Yasar nickt bedächtig. „Okay, dann sind wir eben alle Menschen. So ist es richtig – die Herkunft ist zweitrangig."

Das ist eigentlich etwas Selbstverständliches. Obwohl Yasar gerade nichts Weltbewegendes gesagt hat, verspüre ich auf einmal den Wunsch, mich an seinen Arm zu kuscheln. In mir drin ist die Hölle los – meine Nashörner feiern so ausgelassen Hochzeit, dass ich völlig durcheinander bin.

„Komm, wir gehen zu McDonald's", sagt Yasar auf einmal. Da zerplatzt meine Nashorn-Hochzeitswolke und ich bin wieder in der Realität angekommen. Entgeistert blicke ich ihn an und er lacht. „Jetzt ist erst mal der familiäre Teil dran, da ist nur der allerengste Kreis dabei. Die eigentliche Feier mit Geschenkübergabe und so weiter beginnt erst um 15 Uhr. So lange können wir irgendwo warten."

„Aber doch nicht bei McDonald's?", erwidere ich.

„Doch, ich hab Hunger", sagt Yasar.

Wir gehen also zu McDonald's. „Wenn das Mudda wüsste", sage ich nur. „Die würde ausrasten."

„Meine Mutter auch", nickt Yasar. Dann reißt er seinen Mund auf und beißt genussvoll in seinen Burger. „Sie mag es nicht, wenn ich Schweinefleisch esse", sagt er schmatzend. „Ist aber eh Rindfleisch."

Ich kaue auf meinen Pommes herum. „Was machen deine Eltern eigentlich gerade?", frage ich.

„Die sind bei der Familienzeremonie", grinst Yasar und fügt hinzu: „Selbst der allerengste Kreis sind noch über 90 Personen, da fällt es überhaupt nicht auf, wenn ich nicht dabei bin."

Okay, wenn er das sagt …

Nach dem Essen schlendern wir noch ein bisschen durch die Stadt. Ich komme mir total bescheuert vor, weil wir so schick sind. Die Leute gucken auch alle ganz komisch …

Na ja, aber eigentlich ist es ganz gut, dass wir in der Stadt sind. Mir ist nämlich aufgefallen, dass ich gar kein Geschenk für das Brautpaar habe. Deshalb kaufe ich noch eine Karte, schreibe meinen Glückwunsch hinein und lege fünf Euro dazu. Yasar hat mich nämlich aufgeklärt, dass Geldgeschenke am besten sind.

Endlich ist es 15 Uhr. Die Feier findet in einer riesigen Halle statt, die Yasars Verwandte extra für diesen Tag gemietet haben. Als wir ankommen, wird Yasar erst mal von seinen Eltern und seinen beiden älteren Schwestern (ich wusste gar nicht, dass er welche hat) ausgeschimpft, weil er einfach abgehauen ist. So viel dazu, dass es ja gar nicht auffällt ... Yasar lässt die Standpauke mit einem verkniffenen Grinsen über sich ergehen und blinzelt mir dabei mehr oder weniger unauffällig zu.

Ich schaue mich im Saal um. Es gibt sogar eine Bühne. Dort stehen für das Brautpaar zwei feierlich geschmückte Stühle, die an einen Königsthron erinnern. In einer Ecke (einer sehr großen Ecke) hat eine zehnköpfige Band ihre Musikinstrumente aufgebaut und fängt schon mal an zu spielen. Immer mehr Menschen drängen in den Saal, ich sehe hauptsächlich Türken, die Frauen sind herausgeputzt – mit und ohne Kopftücher. An der Tür werden wir von fünf Frauen begrüßt, die bunte Bonbons verteilen und uns unseren Tisch zeigen. Auch deutsche Gäste sind da. Überall rennen Kinder herum, es wird schon mal etwas getrunken und auf den Tischen stehen Obst, Knabbereien und andere leckere Sachen. Irgendwann zieht das Brautpaar unter lautem Getöse in den Saal ein und eröffnet mit dem Hochzeitstanz die Feier. Alle klatschen und jubeln, ich lasse mich mitreißen.

„Komm!" Yasar nimmt meine Hand und zieht mich durch die Menge. „Wenn wir uns beeilen, müssen wir nicht so lange anstehen." Wenig später weiß ich, wovon er redet. Nachdem das Brautpaar aufgehört hat zu tanzen, bildet sich in Sekundenschnelle eine irrsinnig lange Schlange vor der Bühne. Zum Glück stehen wir ganz weit vorn und kommen recht schnell dran, nachdem das Brautpaar auf seinem Thron Platz genommen hat. Yasars Cousine Nuriye streckt mir ihren Handrücken entgegen. Soll ich ihr etwa die Hand küssen? Schnell umfasse ich sie mit beiden Händen und schüttele sie. „Herzlichen Glückwunsch!", sage ich und überreiche meine Karte. Nuriye bedankt sich strahlend. Dann guckt sie böse auf Yasar. „Wo warst du?"

Yasar gibt sich zerknirscht und Tekin, der Bräutigam, tönt laut: „Tz, Tz, wolltest lieber mit deinem Mädchen allein sein."

Ich laufe feuerrot an – oh nein, das habe ich nun davon! Natürlich denken hier alle, ich sei Yasars Freundin ... auch Yasar ist ein bisschen rot geworden, aber bei seiner Hautfarbe sieht man das nicht so schnell und außerdem überspielt er es mit einem breiten Grinsen. „Das ist die Freundin meines besten Kumpels", lässt er noch verlauten, aber so richtig hört ihm keiner mehr zu. „Is klar!", feixt Tekin und dann sind auch schon die nächsten Gratulanten an der Reihe.

Yasar stellt mich noch seiner restlichen Familie vor – also ungefähr 91 Personen. Aber nicht, weil ihm das so viel bedeutet. Nein, die wollen mich alle kennenlernen! Und jede Oma, Tante und Großtante hält mir die Hand entgegen wie zu einem Handkuss. Dazu kann ich mich jedoch nicht überwinden. Ich drücke jede einzelne Hand herzlich und hoffe, dass niemand beleidigt ist.

Anschließend wird getanzt. Immer wieder teilen sich Männer und Frauen auf und tanzen getrennt zu traditioneller türkischer Folklore. Wildfremde Frauen (denen ich eventuell vorhin mal die Hand geschüttelt habe) nehmen mich in ihre Mitte, als wäre ich Teil der Familie. Am Anfang halte ich noch Hilfe suchend Ausschau nach Yasar, aber irgendwann hopse ich einfach ausgelassen mit den Frauen umher. Zwischendurch wird immer mal wieder etwas per Mikrofon durchgerufen, das meiste auf Türkisch, sodass ich nichts verstehe. Doch irgendwann kapiere ich, dass hier die Geschenke einzeln vorgelesen werden, nämlich dann, als eine Frauenstimme mit türkischem Akzent über die Lautsprecher tönt: „Lea! Fünf Euro ... danke!"

Erneut flammt mein Gesicht auf, die Frauen um mich herum gucken mich empört an. Manno, ich hab halt nicht mehr Geld – schließlich sind schon fast 50 Euro für mein Kleid draufgegangen.

Später wird die mehrstöckige Hochzeitstorte angeschnitten und ich treffe mich mit Yasar zum Kuchenessen. „Dir gefällt es, oder?", fragt er gespannt und ich nicke mit roten Backen. Klar, die Peinlichkeit mit dem mickrigen Geldgeschenk ist schon wieder vergessen. Die Torte schmeckt klebrig süß, aber hervorragend.

Jetzt wechselt die Musik vom Traditionellen zu türkischem Pop und auf der Tanzfläche wird es noch lebendiger. „Na endlich", meint Yasar. „Jetzt können alle gemischt tanzen." Er stellt unsere Teller auf einem Tisch ab und zieht mich mit auf die Tanzfläche. Dort hüpfen wir herum und ich bin froh, dass die Musik lebhaft ist, denn so kommen wir uns nicht zu nahe. Neben mir tanzen nämlich schon wieder mindestens zwei Nashörner, die mich am liebsten an Yasar ranschmeißen würden.

Er ist einfach so toll … schmacht … sogar seine schmalzig glänzende Gel-Frisur stört mich gerade nicht mehr. Trotzdem schließe ich lieber verzückt die Augen und tanze einfach vor mich hin. So ist es am besten …

Irgendwann tippt mir jemand auf die Schulter. Ich öffne die Augen und zucke zusammen. Vor mir stehst du, Jan! Verwirrt schaue ich dich an und fühle mich irgendwie ertappt. „Na, hast du Spaß?", brüllst du gegen die Musik an und es klingt total gut gelaunt. „Wir haben 3:0 gewonnen!"

Ach natürlich, ihr hattet ja das Spiel. „Toll!" Ich falle dir einfach um den Hals und küsse dich stürmisch.

Du bist ein bisschen sauer, verständlicherweise. „Was habt ihr hier eigentlich die ganze Zeit gemacht, dass alle denken, ihr seid ein Paar?"

„Nichts", beteuere ich und Yasar legt den Arm um deine Schultern.

„Alter, glaubst du, ich würde mich an Lea ranmachen, oder was?"

Du scheinst deinem besten Kumpel zu glauben. Außerdem ist die Freude über das gewonnene Fußballspiel so groß, dass du dich bald wieder beruhigst und wir noch gemeinsam weitertanzen. Doch etwas ist trotzdem anders. Immer wieder treffen sich die Blicke von Yasar und mir. Seine Augen haben einen dunklen Glanz und schauen irgendwie seltsam.

Und in mir toben die Nashörner und hören einfach nicht auf …

Sonntag, 18. Mai

Ich bin unglücklich …

Den ganzen Tag liege ich nur in meinem Zimmer herum und zeichne Comics. Ich bin einfach unfähig, irgendwohin zu gehen. Du musst zum Glück mit deinen Eltern auf den Geburtstag eines Onkels, und so fällt es nicht weiter auf, dass ich hier einen dunkelgrauen bis schwarzen Sonntag schiebe, während draußen die Sonne scheint. Immer wieder überlege ich, ob ich Pinky anrufen soll, aber ich kann mich nicht überwinden. Selbst vor meiner allerbesten Freundin ist es mir zu peinlich, darüber zu reden. Was soll ich ihr auch sagen? Pinky denkt ja, man kann nicht in zwei Menschen gleichzeitig verliebt sein. Ich glaube inzwischen, dass es wirklich möglich ist. Aber das hilft mir überhaupt nicht weiter. Ich weiß einfach nicht, was ich tun soll. Im Internet lese ich so tolle Sprüche wie „Die Zeit heilt alle Wunden" oder „Rede aufrichtig mit beiden über das Problem". Wenn ich das tue … oh Gott, das will ich mir gar nicht vorstellen, ich muss sofort anfangen zu heulen, wenn ich darüber nachdenke. Ich will dich nicht verlieren, Jan!

Plötzlich geht meine Zimmertür auf und Mudda kommt herein. „Willst du bei dem schönen Wetter nicht mal …", beginnt sie, hält aber erschrocken inne, als sie mein verquollenes Gesicht sieht. „Lea-Maus, was ist denn los?" Sie schließt behutsam die Tür. Dann kommt sie zu mir, setzt sich aufs Bett und ich kann nicht anders, als mich in ihre Arme zu werfen. Ich weiß nicht, ob Mudda die richtige Ansprechpartnerin für Liebeskummer ist, aber ich muss jetzt einfach alles loswerden. Schluchzend und stammelnd erzähle ich ihr von meinen verkorksten Gefühlen. Sie streichelt mir dabei übers Haar und scheint es gar nicht schlimm zu finden, was ich gerade durchmache. „Du erlebst so etwas zum ersten Mal", sagt sie. „Kein Wunder, dass du verwirrt bist. Aber das ist alles halb so wild."

"Egal für wen du dich entscheidest, du wirst vermutlich keinen von beiden heiraten."

Aha? Schön, dass Mudda so tolle Weisheiten parat hat. Glücklicher bin ich jetzt trotzdem nicht – was nützt mir die Erkenntnis, dass ich weder dich noch Yasar heiraten werde? Und woher will sie das überhaupt wissen …

Aber es war zumindest mal befreiend, darüber zu reden. Das muss ich zugeben.

„Da fällt mir noch was ein …" Mudda macht eine kurze Pause und scheint zu überlegen, ob sie mir das Folgende sagen kann. „Papa und ich, wir verstehen uns doch so gut mit den Wildemanns. Wäre es okay für dich, wenn wir weiterhin mit ihnen Kontakt hätten? Ich meine, falls du dich von Jan trennen möchtest …"

Wie kann sie DAS einfach so aussprechen? Es gibt mir einen Stich, wie selbstverständlich es über ihre Lippen kommt. Schniefend krame ich nach einem Taschentuch. „Keine Sorge", sage ich und schnäuze einmal kräftig. „Ich werde auf keinen Fall mit Jan Schluss machen!"

Montag, 19. Mai

Der Versuch, Julia für Yasar schmackhaft zu machen, ist gescheitert. Liegt allerdings daran, dass ich bislang vergessen habe, mich darum zu kümmern. Julia belagert mich heute in der ersten Stunde, ob ich schon herausfinden konnte, wie Yasar sie findet. Nein, aber dafür weiß ich mittlerweile umso besser, wie ich Yasar finde …ist das nicht toll? Doch das kann ich ihr natürlich nicht antworten, denn erstens bin ich mit dir zusammen, Jan. Und zweitens ist der Schwarm der Freundin tabu. Deshalb drucks ich nur herum, dass ich noch keine Gelegenheit hatte, mit Yasar allein zu reden. Stimmt ja auch irgendwie – auf der türkischen Hochzeit waren schließlich um die 800 Menschen um uns herum.

In der Pause erzähl ich ihr von der coolen Hochzeit – dir hat es nämlich letztendlich auch gefallen, Jan. Wir haben bis zum Abwinken getanzt an dem Abend, das war richtig gut.

„Davon hast du mir ja gar nichts erzählt!", zischt mir Julia empört ins rechte Ohr.

„Mir auch nicht!", höre ich Pinky an meinem linken Ohr. „Dafür war also das Kleid!"

Ich halte mir kurz beide Ohren zu. „Ja, hab ich vergessen", sage ich nur. „Kann doch mal passieren …"

„Nö, klar, so was vergisst man halt mal", sagt Pinky kopfschüttelnd und ich weiche ihrem Blick aus.

Schade, dass wir nicht mehr über alles reden, schiebt sie mir in der darauffolgenden Englischstunde einen Zettel rüber. Ich weiß nicht, was ich erwidern soll. *Ich bin jedenfalls nicht blind*, schreibt sie noch drunter. *Ja, verdammt, du hattest recht!*, kritzele ich dazu. Schriftlich geht es einfach leichter. *Aber in einem Punkt hast du dich geirrt: Man kann sehr wohl in zwei Menschen verliebt sein.*

Aber nicht gleich stark …

Ich seufze. Darüber habe ich mir auch schon Gedanken gemacht. Wenn ich das mal in Nashörnern darstellen soll, dann sieht das ungefähr so aus:

Ich will gerade auf den Zettel schreiben, dass du, Jan, mir trotzdem total viel bedeutest, da zetert Frau Sauerwein: „Lea und Pinky. Glaubt ihr, ich bin blind? Gerade mit dir, Lea, habe ich noch zu reden. Komm bitte nach der Stunde zu mir."

Och nee, was will Frau Sauerwein denn jetzt von mir? In der Englischarbeit hatte ich eine Drei minus, also kann sie wirklich nicht meckern. „Mir ist aufgefallen, dass deine Noten viel schlechter geworden sind", sagt sie nach dem Unterricht zu mir. „In Mathe hattest du ja schon immer deine Schwächen, aber in Französisch und Biologie warst du sonst immer ganz passabel. Deine Versetzung ist gefährdet, weißt du das überhaupt?"

Kleinlaut nicke ich. „Ich bekomme jetzt professionelle Nachhilfe."

Frau Sauerwein nickt. „Das ist gut. Aber ich muss trotzdem deine Eltern benachrichtigen. Hast du schon mit ihnen geredet?"

Oh, zum Glück habe ich Mudda und Papa schon alles gebeichtet. Trotzdem finde ich es doof, dass Frau Sauerwein mit ihnen sprechen will. „Meine Eltern sind beide berufstätig", sage ich. „Sie haben keine Zeit."

„Ich probiere es abends mal telefonisch bei euch", entgegnet Frau Sauerwein und schreibt es sich in ihren Terminkalender. Dann blickt sie auf und schaut mich nachdenklich an. „Oder liegt es etwa an Frau Semmel?" Ihre Augen bekommen plötzlich so ein eigenartiges Leuchten und ich frage mich, was das wohl zu bedeuten hat. „Es ist schon komisch, dass du ausgerechnet in Fächern derselben Lehrerin auf einer Fünf stehst", sagt sie.

„Na ja, in Mathe habe ich ja Herrn Schmidt", wende ich zaghaft ein, doch Frau Sauerwein klappt entschlossen ihren Kalender zu. „Das stimmt, aber ich werde der Sache dennoch auf den Grund gehen." Was meint sie denn damit nun schon wieder? Will sie etwa bei Frau Semmel ein gutes Wort für mich einlegen? Na, wenn das mal nicht nach hinten losgeht …

„Du willst also mit Jan zusammenbleiben?" Es ist Nachmittag und ich hänge mit Pinky im Park ab. Wir sitzen auf einer roten Backsteinmauer, die einen kleinen Rosengarten säumt, und lassen die Beine baumeln. Endlich können wir mal wieder so richtig offen miteinander reden. Das hat mir wirklich gefehlt. Ich nicke auf ihre Frage hin. „Dir bleibt eigentlich auch keine andere Wahl. Denn wenn du mit Jan Schluss machst, bist du Yasar auch gleich los", fügt Pinky hinzu. Ich schlucke. „Wieso?"

„Selbst wenn er Gefühle für dich hat, wird er das seinem besten Freund nicht antun", erklärt sie.

„Aber er flirtet schon manchmal mit mir", behaupte ich. „Zumindest wirkt es so."

„Ja, und deshalb musst du mit ihm reden", erwidert Pinky und mir ist, als würde ein Nashorn mein Herz wie einen nassen Lappen auswringen. „Ich soll Yasar sagen, was ich für ihn empfinde? Das steh ich nicht durch!"

„Aber so, wie es im Moment ist, hältst du es auch nicht aus", stellt Pinky fest. „Es ist die einzige Möglichkeit, wenn du dich mal wieder normal fühlen möchtest. Du sagst Yasar, wie es um dich steht und dass du Jan nicht verlassen willst. Weil er der beste Freund von Jan ist, wird er Verständnis dafür haben und nicht mehr so nett zu dir sein. Vielleicht zieht er sich ja sogar für eine Weile ganz zurück, bis dein Herz wieder klar tickt."

Ich atme tief durch. „Vielleicht hast du recht …"

„Ich habe immer recht", unterbricht mich Pinky lachend. „Den ganzen Gefühlsschlamassel hättest du dir ersparen können, wenn du mal früher mit mir geredet hättest. Übrigens …" Sie hält inne und kramt in ihrer Tasche. „Ich muss dir auch noch was sagen." Mit einem gezielten Griff fördert Pinky ihr Smartphone zutage und wischt auf dem Display herum. Dann hält sie mir ein Foto unter die Nase. Es ist die Burg, die sie auch bei Facebook hochgeladen hat. „Guck mal, wie findest du das?"

Ich zucke mit den Achseln. „Nett. Kenn ich schon. Sieht aus wie bei Harry Potter." Pinky kichert. „Stimmt, es hat tatsächlich was von Hogwarts. Du, Lea …" Sie macht eine bedeutungsvolle Pause. In mir zieht sich plötzlich alles zusammen. Mein Herz ist längst ausgeblutet, dachte ich, aber offensichtlich geht noch mehr. „Ich ziehe da nach den Sommerferien hin."

Ungläubig schüttele ich den Kopf. „Was? Nach Hogwarts?"

„Das ist nicht Hogwarts", sagt Pinky und muss ein bisschen grinsen. „Das ist ein altes, gut angesehenes Internat in England. Ich habe es mir mit meinen Eltern in den Osterferien angeschaut."

Ich bin im falschen Film, oder? „Aber du wolltest doch auf keinen Fall auf ein Internat!", erwidere ich fassungslos und Pinky umarmt mich schnell. „Ja, stimmt. Aber ich habe mit Gregor darüber gesprochen und er meinte, dass er gern in England studieren würde … und so könnten wir uns weiterhin sehen …"

Mit einem Ruck befreie ich mich aus ihrer Umarmung. „Geht es eigentlich nur noch um Gregor?"

Verdutzt schaut mich Pinky an. Dann füllen sich mit einem Mal ihre Augen mit Tränen. „Mann, Lea, mir fällt das echt nicht leicht! Ich wusste die ganze Zeit nicht, was ich machen sollte. Und du warst irgendwie auch so komisch … gut, jetzt weiß ich ja, warum. Aber ich hab in den letzten Wochen öfter mal gedacht, dass unsere Freundschaft eh nicht mehr so toll ist …"

Ich schweige betroffen. So sieht Pinky das? In meinem ganzen Liebeschaos ist mir gar nicht aufgefallen, dass ich sie vernachlässigt habe. „Und deshalb hast du dich für England entschieden?", frage ich leise und nun läuft mir auch die erste Träne über die Wange. Ich fühle mich, als hätte sie diesen Entschluss nur wegen mir gefasst.

Pinky legt wieder den Arm um meine Schulter. „Quatsch!", sagt sie mit Nachdruck. „Ich hab nur gehofft, dass es dir vielleicht nicht so viel ausmacht."

„Es macht mir total viel aus", antworte ich und jetzt umarmen wir uns ganz lange und weinen zusammen. Ich kann es einfach nicht glauben – meine beste Freundin zieht weg. Schon jetzt bin ich in Abschiedsstimmung und hoffe, dass der Tag niemals näher rückt. „Wir haben ja noch drei Monate", meint Pinky schließlich. „Und bis dahin verbringen wir einfach jede freie Minute miteinander."

„Dann musst du aber auch mit aufs Tim-Bendzko-Konzert kommen", sage ich grinsend unter Tränen.

Pinky schüttelt lachend den Kopf. „Never! Wir verbringen FAST jede freie Minute miteinander ... okay?"

Heute Abend hat Frau Sauerwein angerufen und Mudda hat lange mit ihr telefoniert. „Sie hat gefragt, ob in unserer Familie etwas nicht stimmen würde, weil Lea so in ihren Leistungen abgefallen ist", erzählt sie danach verwundert am Küchentisch.

„Was soll denn in unserer Familie nicht stimmen?", sagt Hans Goldeisen und ich glaube nicht recht zu hören: UNSERE? Nur weil er gerade mal wieder bei unserem Essen reinhaut, gehört er noch lange nicht zur Familie.

„Genau, hier ist doch alles in Ordnung", stimmen Hajo und Oskar zu, denen Muddas Seitan-Geschnetzeltes auch hervorragend zu schmecken scheint. Ich glaube, sie merken gar nicht, dass sie kein Fleisch essen.

Oma Anna und Opa Thomas räuspern sich. „Ist vielleicht ein bisschen viel Tumult bei euch", beginnt Opa. Mudda sieht ihn fragend an. „Tumult?", erwidert sie und überhört, wie Oma Anna hinzufügt: „Wir wollten euch auch noch etwas sagen ..."

„Ich find's cool, dass so viel los ist", wirft der Troll schmatzend ein, während Papa meint: „Stimmt, bei uns ist es im Moment wirklich ziemlich unruhig."

„Ja, und deshalb …", versuchen es Oma Anna und Opa Thomas aufs Neue, doch wieder nimmt sie keiner wahr. „Es wäre gut, wenn wir uns einen Raum für die Bandprobe suchen", wendet sich Papa an Hajo und Oskar. Die halten mitten im Schaufeln inne. „Aber das ist so teuer", sagt Oskar und ihm fällt fast ein Brocken Seitan aus dem offenen Mund.

„Ihr könntet bei uns im Laden proben", schlägt Mudda vor. „Nach acht Uhr habt ihr dort die schönste Ruhe." Damit sind die *No Names* sehr zufrieden.

„Übrigens hatte Frau Sauerwein noch eine ganz andere Theorie", erzählt Mudda mir noch. „Sie glaubt, deine Lehrerin Frau Semmel ist schuld. Ich wusste gar nicht, dass Lehrer sich untereinander so spinnefeind sein können. Sie klang richtig gehässig. Weißt du was davon?"

Ich schüttele den Kopf. Nein, dass Frau Sauerwein und Frau Semmel sich nicht leiden können, ist mir neu. Keine Ahnung, was ich davon halten soll.

Am späteren Abend gibt es noch eine Überraschung. Ich meine nicht die Bandprobe, die durch die Wohnung schallt. Auch nicht Hans Goldeisen, der dagegen anschreit. Nein, als Hajo, Oskar und Hans Goldeisen endlich gegangen sind, kommen Oma Anna und Opa Thomas gegen halb neun plötzlich aus dem Wohnzimmer und eröffnen uns, dass sie bei uns ausziehen.

Opa Thomas hat uns beruhigt, dass es nicht an uns liegt, aber ich bin mir nicht sicher, ob das wirklich stimmt. Beim Essen seien sie leider nicht zu Wort gekommen, sagt Oma Anna, da wollten sie es uns eigentlich schon sagen.

„Unsere Freunde aus dem Buddhistischen Zentrum haben uns eingeladen, bei ihnen im Gästehaus zu wohnen", erklärt Opa Thomas.

„Ja, sie würden sich sehr freuen", nickt Oma Anna eifrig. „Und möchten auch gerne noch mehr von Nepal erfahren."

So ganz abgenommen haben wir ihnen das nicht. Als Oma und Opa weg waren, hat sich Mudda erst mal im Wohnzimmer aufs Sofa fallen lassen und sich Vorwürfe gemacht. „Ich hätte mich mehr um sie kümmern müssen", sagt sie.

„Ja, anstatt dauernd Hans Goldeisen am Wickel zu haben", stimmt Papa ihr zu, aber dann sieht er, dass Mudda wirklich niedergeschlagen ist, und tröstet sie. „Du bist doch oft genug mit ihnen im Buddhistischen Zentrum gewesen. Ich glaube nicht, dass sie sich vernachlässigt fühlen."

„Ja, aber ihr wart noch kein einziges Mal dort, obwohl meine Eltern schon über eine Woche hier sind."

Wir versprechen Mudda, dass wir zur gemeinsamen Meditation am Donnerstagabend mitkommen. Als ich dir das wenig später noch schreibe, kommt direkt eine Antwort: *Cool, da komm ich mit! Yasar ist auch dabei. Schlaf gut! Jan*

Na, super – langsam kommt mir Yasar wie dein siamesischer Zwilling vor. Umso wichtiger ist es, dass ich endlich mit ihm rede. Gleich morgen werde ich das in Angriff nehmen. Und dann wird endlich alles wieder gut …

Dienstag, 20. Mai

Heute in der Pause haben wir über das Meditieren geredet und ich bin echt baff: Nicht nur du und Yasar wollt mitkommen, sondern auch Pinky, Julia, Paula und Frido. Da werden sich Oma und Opa aber freuen, wenn ich mit so vielen Interessenten auftauche.

Ich hatte mir ja für heute fest vorgenommen, mit Yasar zu reden. In der Pause sind schon wieder lauter Nashörner um mich herumgejagt und deshalb habe ich ihm danach eine Nachricht geschrieben. Vor allen Leuten auf dem Schulhof konnte ich ihn ja schlecht ansprechen, schon gar nicht vor dir, Jan. Jedenfalls hab ich ihm geschrieben, dass ich ihn gern kurz nach der Schule sprechen würde. Allein.

Und dass es wichtig sei und er es niemandem sagen soll. Wirklich niemandem. Von ihm kam nur zurück: *????? Um eins am Lehrerparkplatz ????? Okay?*

Am Lehrerparkplatz treiben sich eigentlich keine Schüler rum. Von daher ist es der perfekte Ort für ein geheimes Treffen und ich sage Yasar zu. Leider kann ich mich für den Rest des Morgens nicht mehr konzentrieren. Pinky merkt, dass was nicht stimmt, und in der letzten Stunde wispere ich ihr meinen Plan ins Ohr. Sie reckt einen Daumen in die Höhe. „Du schaffst das!", flüstert sie.

Mit einer trommelnden Herde Nashörner begebe ich mich also nach Schulschluss zum Lehrerparkplatz. Ein paar Lehrer schauen mich misstrauisch an, sagen aber nichts weiter. Frau Müller winkt mir sogar fröhlich zu, bevor sie in ihr kleines silbernes Auto steigt und davonbraust. Endlich sehe ich Yasar von Weitem auf mich zukommen. Alle Nashörner hämmern noch lauter, und als er vor mir steht, habe ich das Gefühl, halb ohnmächtig zu sein. Yasar sieht auch nicht gerade fröhlich aus, sondern guckt ziemlich ernst. Wahrscheinlich weiß er längst, was ich will. Total blöd ist er ja auch nicht, oder?

Ich hab es einfach nicht geschafft! Warum mussten auch ausgerechnet jetzt Frau Sauerwein und Frau Semmel auftauchen? Gut, dass Lehrer nach dem Unterricht zu ihrem Auto gehen, um damit nach Hause zu fahren, ist nichts Ungewöhnliches. Aber es war trotzdem der denkbar ungünstigste Moment überhaupt. Und danach (oder vielleicht auch schon davor) hat mich einfach der Mut verlassen, mit der Sprache rauszurücken. Yasar war ein bisschen sauer. „Für diese Frage bestellst du mich extra hierher?", fragt er kopfschüttelnd. Ich nicke mit einem kläglichen Grinsen und Yasar hebt abwehrend die Hände. „Ne, Lea, bitte keine Verkupplungsversuche. So was klappt nie und da hab ich außerdem keinen Bock drauf. Julia ist nett. Aber ehrlich gesagt, finde ich sie auf Dauer eher nervig."

Ich atme auf. So etwas hab ich mir schon gedacht. Aber gerade ist mir alles recht, was Yasar sagt, solange wir nicht über dieses eine Thema, nämlich über uns, reden. Vermutlich will er auch gar nicht darüber sprechen, denn jetzt schultert er seinen Rucksack und meint: „Dann wäre das ja geklärt. Falls Julia dich geschickt hat, sag ihr, dass sie das nächste Mal selber kommen soll. Ich mag mutige Mädchen."

Mein Herz sinkt auf den Hosenboden. *Mutig* ist so ziemlich das letzte Wort, womit man mich beschreiben kann. „Äh, Julia hat mich nicht geschickt", versuche ich die Situation noch zu retten, weil Julia mich vermutlich sonst hassen wird. „Sie weiß davon gar nichts. Und ich bin mir auch nicht sicher, ob sie dich überhaupt gut findet …" Yasar lacht. „Ey, Lea, manchmal hast du echt absurde Ideen. Eigentlich total sympathisch, aber du brauchst dir keine Sorgen um mich zu machen. Ich bin wieder an Caro dran. Das mit ihrem Holländer ist nicht so das Wahre, glaube ich."

Oh nein! Oder: Oh yeah! Das müsste mich doch jetzt wirklich mal freuen. Und ich sollte froh sein, dass ich die Offenbarung meiner Gefühle in letzter Sekunde unterdrückt habe. So habe ich mich vor einem weiteren peinlichen Ereignis in meinem Leben bewahrt …

Donnerstag, 22. Mai

Dass Yasar jetzt wieder mit Kröten-Caro anbandeln will, wurmt mich. Hab gestern noch mit Pinky telefoniert und sie findet es auch bescheuert. Kröten-Caro zeigt Yasar weiterhin die kalte Schulter und ich finde, so muss er sich echt nicht behandeln lassen. Hab ich ihm in der Pause auch gesagt, aber er meinte nur, dass ich einfach keine Ahnung hätte. Dabei hat er den Arm um meine Schultern gelegt und Pinky hat vieldeutig geguckt. „Caro ist das beste Mädchen an der ganzen Schule." Das hat Yasar wirklich gesagt! Ich hätte schreien können! Natürlich hab ich nur spöttisch gelacht, damit er nicht merkt, wie viel mir das ausmacht.

Bestes Mädchen der Schule.

Heute im Schwimmen haben mich die jüngeren Mädchen wieder Furzkanone genannt. So als wäre das jetzt mein Spitzname ... Irgendwann bin ich ausgerastet. Ich hab sie angeschrien, dass es nicht mehr witzig ist. Aber da haben sie nur noch mehr gekichert, vielleicht wollten sie genau das.

„Jetzt hört aber mal auf!", weist Tanja sie zurecht. Doch das führt nur dazu, dass sie sich heimlich anschleichen.

„Furzkanone", flüstern sie immer wieder in mein Ohr.

„Mach dir nichts draus", tröstet mich Julia. „Die sind einfach blöd."

„Klar, da steh ich drüber", antworte ich möglichst lässig. Leider stimmt das nicht. Ich weiß, dass diese kleinen Mädchen voll bescheuert sind, und trotzdem finde ich es schlimm, wie sie sich verhalten. Frage mich, ob das schon eine Form von Mobbing ist. Aber sie sind ungefähr neun Jahre alt und ich bin vierzehn! Am liebsten würde ich sie verhauen, aber das geht natürlich nicht. Deshalb versuche ich, sie zu ignorieren. Der Schwimmverein wird mir jedenfalls nicht sympathischer …

Dann verkündet Tanja auch noch, dass wir am 7. Juni einen Wettkampf haben.

„Da kannst du auch schon mitmachen", sagt sie zu mir und ich freu mich kein bisschen. Aber da muss ich wohl durch. Tom freut sich riesig auf den Wettkampf, kein Wunder, er ist ja auch der Schnellste im Verein. Überhaupt scheint es nichts zu geben, was er nicht kann. Normalerweise sind Streber wenigstens unsportlich, aber bei ihm ist das nicht so. Ich tröste mich damit, dass er dafür langweilig ist. Allerdings ist er der erste Mensch, der über Julias Spaß-Witze lacht. Als sie lauthals verkündet: „Ohne meine Nasenklammer kann ich nicht tauchen – Spaß. Hahaha, Spaß, Späßchen!", bricht er in so lautes Gelächter aus, dass selbst Julia verwundert guckt. Vergnügt haut Tom auf die Wasseroberfläche. „Und ich kann ohne Ohrenstöpsel nicht zum Tim-Bendzko-Konzert, haha, Spaß!"

„Ach, Tom kommt auch mit?", frage ich erstaunt. Julia nickt und hat ganz rote Backen gekriegt. „Ja, er hat nicht lockergelassen. Obwohl er Tim Bendzko eigentlich gar nicht so gern hört. Aber mir zuliebe will er unbedingt mit."

„Wow, der steht wohl total auf dich", entfährt es mir ein bisschen neidisch und Julia wird noch aufgeregter. Panisch schaut sie sich um, aber Tom krault mittlerweile seine Bahnen und hat nichts gehört. „Kann sein! Ich finde ihn ja auch süß, aber ehrlich gesagt, gefällt mir Yasar besser …"

„Vergiss Yasar!", unterbreche ich sie.

„Wieso? Hast du mit ihm gesprochen?" Misstrauisch sieht mich Julia an und ich nicke. „Ja. Also … Yasar findet dich sehr nett! Aber mehr leider nicht …"

Julias Mundwinkel zucken enttäuscht nach unten und ihre Lippen beginnen zu beben. „Tom passt eh viel besser zu dir!", sage ich schnell, doch Julia taucht einfach weg. „Ich muss schwimmen, sonst wird mir kalt", prustet sie, als sie ihren Kopf wieder aus dem Wasser hervorstreckt.

Tanja ruft uns zu, dass wir unseren Kaffeeklatsch nach dem Training abhalten sollen, und ich schwimme auch mal los.

Später holst du mich vorm Hallenbad ab.

Zum Glück sagst du nichts weiter zu den Mädchen. Julia winkt mir zum Abschied zu. „Bis später beim Meditieren!", ruft sie. „Du machst wieder Spaß, oder?", erkundigt sich Tom ungläubig. Errötend sagt Julia, dass wir uns abends alle im Buddhistischen Zentrum treffen. „Bei meinen Großeltern", füge ich hinzu und erzähle ihm ein bisschen von Oma Anna und Opa Thomas.

„Cool, kann ich auch mit?" Es ist wohl klar, woher Toms plötzlicher Sinneswandel kommt …

„Na klar!", erwidere ich grinsend und schon haben wir noch einen Gast mehr heute Abend bei der Meditation. Du stellst auf dem Heimweg auch grinsend fest, dass Julia und Tom ein ganz gutes Paar abgeben würde.

Tom wird nicht der letzte Gast bei der Meditation sein, wie wir feststellen, als wir bei mir zu Hause ankommen. Dort sitzen nämlich zu unserer Überraschung deine Eltern im Wohnzimmer. „Was macht ihr denn hier?", fragst du nicht gerade freundlich.

„Dein Ton war schon mal besser, mein Freund", antwortet dein Vater pikiert. „Wir wurden von Leas Mutter eingeladen."

„Genau!", sagt Mudda fröhlich. „Wir wollen nachher alle miteinander meditieren. Stell dir vor, Lea, Herr Wildemann wird einen Artikel über Hans schreiben. Ich konnte ihn überreden."

Belustigt lacht dein Vater auf. „Das stimmt allerdings. Nach dem, was Sie mir gerade alles erzählt haben … also, ich habe wirklich Lust, eine kleine Homestory über ihn zu machen. Das ist super für das Sommerloch in unserer Zeitung. Damit füllen wir eine Seite, mit allem Drum und Dran! Heute im Buddhistischen Zentrum fangen wir an."

„Und ich mache ein paar Fotos", wirft deine Mutter ein.

Mudda strahlt. Und ich bin sprachlos.

„Wie hat sie das nur hingekriegt?", frage ich, nachdem wir uns in mein Zimmer verkrümelt haben.

„Keine Ahnung", sagst du. „Mach doch mal Musik an. Am besten die CD, die ich dir gebrannt habe."

Ach Gott, wo ist die denn? Mir fällt auf, dass ich sie seit den Osterferien nicht mehr gehört habe … nach einigem Wühlen hab ich sie endlich und bald schallen Jupiter Jones und andere Bands durch den Raum. Ein Liebeslied von Philip Poisel ist auch dabei: *Ich will nur, dass du weißt, ich hab dich immer noch lieb* … tönt seine sanfte Stimme aus den Lautsprechern. Ich kuschele mich an dich und bin froh, dass wir zusammen sind. An dich kommt einfach keiner ran, Jan. Nicht mal Yasar, denke ich mir.

Zwei Stunden später bin ich mir nicht mehr so sicher.

Wir sind alle im Buddhistischen Zentrum: meine Freunde, meine Familie und deine Familie. Erst mal trinken wir eine Runde heißes Wasser und Opa Thomas erzählt ein bisschen was über den Buddhismus. „Vor allem geht es darum, zu erkennen, dass die Welt eigentlich ein großer gemeinsamer Traum ist und dass es unsere Wünsche und Gedanken sind, die unsere Welt entstehen lassen. Deswegen lernt man im Buddhismus, wie man besonders klug wünscht, damit alle Wesen und man selbst das höchstmögliche Glück erreichten." So weit die Kurzversion. Hey, das klingt spitzenmäßig! Der Buddhismus könnte was für mich sein. „Was muss man tun, damit die Wünsche in Erfüllung gehen?", frage ich interessiert. „Früher habe ich immer Wunschraketen ins Universum geschossen."

„Ganz so einfach ist es natürlich nicht", antwortet Opa Thomas lächelnd. „Es gibt kein Rezept zum Glücklichsein. Aber dafür gibt es die Meditation, mit der man üben kann."

Anschließend laden meine Großeltern zur gemeinsamen Meditation ein. Inzwischen sind auch andere Buddhisten angekommen und es wird recht voll in dem kleinen Raum. Ich nehme mir ein kleines Kissen und setze mich im Schneidersitz darauf. Eigentlich wollte ich neben dir sitzen, Jan, aber in dem ganzen Tumult wurde es auf einmal so eng, dass du jetzt genau hinter mir sitzt. Neben Yasar! Ich sag ja: siamesische Zwillinge! Alle Pärchen sitzen nebeneinander: Paula und Frido, Pinky und Gregor, deine Eltern, meine Eltern. Sogar Tom und Julia, obwohl die noch gar kein Pärchen sind. Nur wir beide nicht … na ja, um mich herum sitzen eh viele kleine Nashörner und ich bin auf einmal nicht mehr so sicher, ob die wegen dir oder wegen Yasar hier sind. Oder wegen euch beiden? Mann, wieso ist das so verdammt schwer zu verstehen? Während Oma Anna an der Seite sitzt und die Meditation vorliest, schließe ich die Augen und versuche, mich in mir selbst zu versenken. Aber auch das ist verdammt schwer, wenn man es noch nie gemacht hat. Vorsichtig drehe ich mich nach hinten um. Du hast die Augen geschlossen und Yasar auch. Anscheinend nehmt ihr es beide sehr ernst, jedenfalls wirkt ihr konzentriert. Im Gegensatz zu mir. Schnell wende ich mich wieder nach vorn. So lange in derselben Position zu verharren wird ziemlich schnell unbequem. Wie halten die anderen das nur aus? Noch mal schaue ich nach hinten. Wer von euch beiden jetzt die Augen öffnet, ist der Richtige, schießt es mir durch den Kopf.

Keiner öffnet die Augen. KEINER? Keiner von euch beiden ist es??? Oh Gott, was für bescheuerte Gedanken habe ich, wie soll ich da frei werden von negativen Schwingungen? Okay, ich konzentrier mich jetzt mal auf mich …

Oma Anna hat mir vorher erklärt, dass die Meditation 15 Minuten dauern wird. Total kurz, hab ich gedacht, doch jetzt kommt es mir wie eine Ewigkeit vor. Ich spüre meine Beine kaum noch. Ich gucke noch mal nach hinten. Jetzt habt ihr beide die Augen offen und Yasar zwinkert. Zu spät (oder?) – außerdem hast du ja auch die Augen offen und grinst mich an. Also, ich weiß echt nicht, wie ich mich entscheiden soll! (Abgesehen davon, dass es natürlich nichts zu entscheiden gibt …)

Innerlich freue ich mich schon, wenn ich gleich wieder meine eingeschlafenen Beine bewegen kann. Da wird plötzlich die Tür aufgerissen. Mit großem *Hallo* betritt Hans Goldeisen den Raum. „Bin ich zu spät?", fragt er und klingt ein bisschen wie ein Kind. Papa lässt ein missbilligendes Schnaufen ertönen. Als Goldeisen kapiert, dass er mitten in die Meditation geplatzt ist, hält er die Hand vor den Mund. „Oh, Verzeihung! Kann man da noch mitmachen?"

Nach einem kurzen und strengen Nicken von Oma Anna lässt er sich auf den Boden sinken. „Ooommm!", sagt er laut, obwohl das gerade gar nicht dran ist. Deine Mutter steht jetzt auf. Sie stellt sich vor Goldeisen und knipst ein Foto, als wäre er eine Touristenattraktion. Hinter mir höre ich dich aufstöhnen. Verständlich – mir ist es auch ganz schrecklich peinlich, dass die Mutter meines Freundes so etwas quasi im Auftrag meiner Mutter macht.

Zum Glück verlieren Oma und Opa anschließend kein Wort darüber. Kein Wunder, sie haben ja auch positive Schwingungen getankt …

Einigermaßen beschwingt fahre auch ich später mit Mudda, Papa und dem Troll nach Hause. Die Meditation hat mir zwar keine neuen Offenbarungen gebracht, aber das kommt vielleicht noch …

Sonntag, 25. Mai

Gestern hat Mudda wieder einen abendlichen Spaziergang gemacht. Papa, der Troll und ich haben sie erwischt, wie sie ihre Jacke geschnappt hat und sich aus der Wohnung schleichen wollte. Als wir wissen wollten, wohin sie schon wieder geht, meinte sie seufzend: „Bitte! Ich kann es euch wirklich nicht sagen. Wahrscheinlich hättet ihr auch gar kein Verständnis dafür."

Du kannst dir vorstellen, wie sauer wir sind. Ich meine, wie kann Mudda uns alle drei über einen Kamm scheren? Der Troll ist im Vergleich zu mir ein Baby und Papa – na ja, Papa ist Papa, uralt eben. Ich weiß nicht, ob er die Wahrheit verkraften würde. Aber mir könnte Mudda sich wenigstens anvertrauen. Ich würde ihr gehörig den Kopf waschen, wenn sie sich mit einem anderen Mann (am Ende noch Hans Goldeisen) treffen sollte. Doch nein, Mudda verschwindet einfach sang- und klanglos. Kurz habe ich überlegt, ob ich ihr heimlich folgen soll. Aber das machen immer nur Kinder in Büchern oder Filmen. Im echten Leben sitze ich mit Papa und dem Troll auf dem Sofa, knabbere Erdnüsse und schaue so eine Superstar-Sendung im Fernsehen an. Die Stimmung ist gedrückt, obwohl der Troll versucht, sie aufzulockern, indem er die ganze Zeit davon redet, dass er auch da mitmachen und Superstar werden will. Allerdings raubt er damit Papas letzten Nerv.

Ja, Papa ist richtig eifersüchtig auf Hans Goldeisen. Wir können uns zwar alle nicht vorstellen, dass Mudda sich in ihn verliebt hat, aber was heißt das schon? Der Satz *Wo die Liebe hinfällt* hat noch vor niemandem haltgemacht. Nur, Mudda und Hans Goldeisen wäre einfach das Allerschlimmste, was passieren könnte, und deshalb verdränge ich diesen Gedanken, so gut es geht.

Papa meinte noch, dass es auch mit dem Buddha-Mudda-Laden zusammenhängen könnte. Der läuft leider gerade miserabel. Aber was Mudda mitten in der Nacht dagegen unternehmen will, können wir uns auch nicht zusammenreimen.

Dienstag, 27. Mai

Morgen schreiben wir die nächste Mathearbeit. Im Nachhilfeinstitut machen wir eine Doppelstunde und ich bin schon mega aufgeregt.

Kann abends gar nicht richtig einschlafen …

Mittwoch, 28. Mai

Die ganze Welt ist Mathematik – das behauptet zumindest Herr Schmidt. Alles bestehe aus Zahlen und deshalb sei es gut, sich mit ihnen anzufreunden.

Also, wenn man mich in einer Welt mit lauter Zahlen aussetzen würde, würde ich kläglich verhungern. So wie in der Mathearbeit heute. Mein Magen rumorte ganz laut. Ich war nämlich so aufgeregt, dass ich am Morgen nichts essen konnte. Na ja, ich habe dann alle Aufgaben irgendwie gemacht – aber ob sie richtig sind? Letztens habe ich bei Facebook folgenden Spruch gelesen: *Für mich klingt Mathe wie: Zwei Kamele sind in der Wüste. Eins ist lila. Wie viel wiegt der Sand, wenn es dunkel wird?* So ungefähr haben sich auch alle Aufgaben in der Mathearbeit angehört. Bin schon echt gespannt auf meine Note … Jedenfalls bin ich froh, dass ich nicht überall Zahlen sehe. Man muss das Leben doch auch mal genießen können – zum Beispiel am Samstag. Da gehen wir alle auf das Tim-Bendzko-Konzert, ich freu mich ja schon so!

Donnerstag, 29. Mai

Das Leben könnte so schön sein – wenn ich mich nicht jedes Mal verstellen müsste, sobald ich mit dir und Yasar etwas mache. Während wir alle zusammen sind, ist es gar nicht so schlimm, aber danach fühle ich mich immer total erschöpft, wie eine Schauspielerin, die zwei Stunden lang auf der Bühne gestanden hat. Ich muss mich einfach so stark konzentrieren, um meine Gefühle im Griff zu haben. Es wird immer schlimmer. Vorhin hab ich das Lied von Max Herre angehört, das Yasar mir vor ein paar Wochen geschickt hat. Das mit dem Albtraum auf Wolke 7. Hätte nicht gedacht, dass der Text tatsächlich mal auf mein Leben zutreffen würde. Während ich den Song in Dauerschleife anhöre, frage ich mich plötzlich, ob Yasar mir damit vielleicht etwas sagen wollte? Womöglich hat er mir das Lied gar nicht einfach so geschickt? Oh Gott, es war quasi eine verschlüsselte Botschaft und ich habe sie nicht kapiert … gut, eventuell steigere ich mich da jetzt rein – aber was ist, wenn es Yasar genauso beschissen geht wie mir? Wenn er sich auch bei jedem Zusammentreffen verstellen muss? Letztendlich ginge es ihm dann sogar noch schlechter, denn er glaubt ja, dass ich in einer glücklichen Beziehung mit dir bin, Jan! Am liebsten würde ich ihn jetzt sofort anrufen. Aber ich glaube, das ist nicht gerade die beste Idee. Ich habe auch überhaupt nicht den Mut dazu. Vielleicht irre ich mich und dann ist es richtig peinlich. Nein, besser ist, ich mache es wie er. Ich schicke ihm einfach eine verschlüsselte Botschaft. Mir fällt auch direkt ein Song ein, der wie die Faust aufs Auge passt: *Wie soll ein Mensch das ertragen?* Das Lied ist von Philipp Poisel und im Text heißt es: *Wie soll ein Mensch das ertragen? Dich alle Tage zu sehen …* Das drückt genau das aus, was ich empfinde. Und wenn Yasar so fühlt wie ich, dann wird er es verstehen.

Nach einer Weile blinkt es in meinem Smartphone auf: *Hi, nicht schlecht, der Song. Hab heute was Verrücktes erfahren. Der Holländer war von Caro nur erfunden. Sie hatte sogar ein Fake-Profil bei Facebook angelegt. Krass, oder? Hat mir eine Freundin von Caro, die jetzt ihre Feindin ist, erzählt. LG Yasar.*

Okay, kein Mensch fühlt wie der andere. Aber Yasar ist von meinen Gefühlen beziehungsweise von Gefühlen zu mir anscheinend himmelweit entfernt. *Das ist wirklich krass,* schreibe ich zurück, weil mir nichts anderes einfällt. *Warum hat sie das gemacht?*

Keine Ahnung. Sie redet nicht mit mir … kommt die prompte Antwort von Yasar.

Wenigstens etwas. Aber ich muss unbedingt mit Yasar reden! Wie oft habe ich mir das jetzt schon vorgenommen? Ich weiß nicht, kann nicht mehr mitzählen. Aber nach dem Tim-Bendzko-Konzert (das will ich noch in Ruhe genießen) geh ich die Sache an. ERNSTHAFT!

Samstag, 31. Mai

Ich überlege die ganze Zeit, warum Kröten-Caro das mit dem Fake-Profil gemacht hat. Wenn dieser Holländer gar nicht existiert, weshalb hat sie dann überhaupt mit Yasar Schluss gemacht? Das ergibt irgendwie keinen Sinn.

Na ja, aber gerade habe ich Wichtigeres zu tun. Ich muss mich für Tim Bendzko zurechtmachen. Heute ist es ziemlich warm, perfektes Wetter für die Freilichtbühne, auf der das Konzert stattfindet. Ich entscheide mich für Hotpants und ein lässiges Ökoshirt aus Muddas Laden. Damit versuche ich sie zu unterstützen, auch wenn ein einzelnes Shirt nicht wirklich hilft. Aber das Shirt selbst gefällt mir gut, es ist grau mit einem pinken Baum drauf. In meine Tasche packe ich noch Tim Bendzkos neuestes Album. Das möchte ich mir nach dem Konzert signieren lassen. Hoffentlich habe ich Glück!

Wir treffen uns extra früh. Alle haben extrem gute Laune und albern herum. Tom weicht Julia nicht von der Seite und sie reißen einen Spaß-Witz nach dem anderen. Den Rest von uns nervt das ein bisschen, aber weil der Tag so genial ist, sagen wir nichts. Du raunst mir ins Ohr, ob die immer so miteinander reden? Grinsend nicke ich. „Wart mal ab, falls die zusammenkommen." Du rollst mit den Augen.

In der Bahn sitzen Paula und Frido Arm in Arm nebeneinander und winken uns, als wir einsteigen. Julia und Tom setzen sich zu ihnen, während ich mit dir und Yasar auf dem Vierer gegenüber Platz nehme. Ihr beide unterhaltet euch über Fußball und ich schaue gelangweilt aus dem Fenster. Wenn Pinky doch dabei wäre! Die Sonne scheint so heftig gegen das Fenster, dass sich Yasar in der Scheibe spiegelt. Ich werde geblendet und mache schnell die Augen zu. Das mulmige Gefühl verdränge ich halbwegs. Hey, gleich sehe ich Tim Bendzko!!! Wer ist schon Yasar …

Wenig später stürmen wir das Gelände rund um die Freilichtbühne. Leider hatten auch viele andere Menschen die Idee, besonders früh da zu sein, und so sind wir ziemlich weit von der Bühne entfernt. Man kann überhaupt nicht erkennen, was sich vorn abspielt. Julia und ich sind maßlos enttäuscht. „Manno, ich wollte in die erste Reihe und Tim ein Geschenk überreichen." Sie holt ein kleines Plüschhäschen aus ihrer Handtasche. Mit einer gepunkteten Schleife hat sie ihm ein Briefchen für Tim Bendzko umgebunden. Dass ihr das nicht peinlich ist! Die anderen lachen sich halb tot und Julia packt verärgert das Häschen wieder weg. „Ich finde ihn halt toll! Und jetzt seh ich ihn nicht mal richtig."

   Tom legt gutmütig den Arm um sie. „Du hast doch mich. Mir wurde schon mal gesagt, dass ich aussehe wie Tim Bendzko." Während er das sagt, grinst er mich an und ich möchte am liebsten im Erdboden versinken. Zum Glück fragt keiner nach. „Toller Spaß!", lacht Julia Tom aus.

„Wir holen uns dafür nachher Autogramme und dann kannst du ihm den Hasen geben", sage ich tröstend zu Julia. „Komm, wir fragen mal einen von der Security, ob das möglich ist."

Der Security-Mann ist glücklicherweise sehr nett, aber ganz genau weiß er auch nicht, ob Tim Bendzko nach dem Konzert noch Autogramme gibt. „Vielleicht dort vorn", sagt er und zeigt auf eine Absperrung. Dahinter steht in einiger Entfernung ein riesiger schwarzer Tourbus. „Da müsst ihr aber früh hin, am besten noch vor Ende des Konzerts, sonst ist es da voll."

„Kein Problem, wir stehen quasi in der letzten Reihe", lacht Julia. „Da kommen wir als Erste raus."

Als wir es kurz darauf den anderen erzählen, sind die nicht so begeistert. „Also, ich höre mir das Konzert bis zum Schluss an", sagt Paula und klingt ziemlich energisch. „Schließlich bin ich nicht da, um einmal Tim Bendzko zu berühren, sondern wegen seiner Musik."

„Ja, aber die kann man doch auch jeden Tag hören", wende ich ein.

„Live ist ja wohl was anderes!", ruft Frido, und auch Yasar und du seht das so.

„Lea und ich stellen uns trotzdem nachher dahin, stimmt's?" Julia legt den Arm um mich und ich nicke.

Wir kaufen uns noch etwas zu trinken und bald stehen wir längst nicht mehr in der letzten Reihe. Hinter uns hat sich das Feld gefüllt und wir sind mittendrin, als das Konzert endlich losgeht. Zuerst kommen ein paar unbekannte Vorbands, aber schließlich betritt Tim

Bendzko mit seiner Band die Bühne und ein ohrenbetäubendes Geschrei geht los. Ich kann nicht anders und kreische einfach mit. Du puffst mir lächelnd in den Arm. Hoffentlich findest du es nicht schlimm, dass ich gerade so ausflippe. Aber mir ist jetzt sowieso alles egal. Ich versuche, einen Blick auf Tim zu erhaschen. Leider ist er kaum zu erkennen, quasi unsichtbar …

Schade, dass ich kein Fernglas dabeihabe. Aber wahrscheinlich hätten sie mir das am Eingang sowieso abgenommen. Dafür genieße ich jetzt umso mehr seine Lieder. Es ist unfassbar, aber bei jedem Song habe ich das Gefühl, Tim Bendzko hat ihn auf mich zugeschneidert. Die Texte treffen einfach voll ins Schwarze: *Mir fehl'n die Worte, ich hab die Worte nicht, dir zu sagen, was ich fühl …*, oder: *Und ich laufe … ich laufe … davon.* Oder kurz darauf: *Und ich weiß, ich hab dir wehgetan …* Ich kann sie alle mitsingen: *Das geht mir uunter die Haaauuut …*
Pinky hat mal gesagt, die Texte treffen alle zu, weil sie beliebig und

oberflächlich sind – so wie Horoskope – da kann man auch immer alles Mögliche reininterpretieren, sodass es am Ende auf einen zutrifft. Das ist wohl einer der Gründe, weshalb Pinky heute nicht dabei ist. Mir egal – mich berühren diese Lieder einfach!

Um mich herum scheint es allen so wie mir zu gehen. Ob Yasar merkt, dass die Texte so gut zu uns passen? Nein, er tanzt arglos mit. Ich wüsste gern mal, ob er wirklich so ahnungslos ist oder nur so tut …

Bald schwitzen wir alle furchtbar, aber so ist das eben auf Konzerten. Der Stimmung tut das keinen Abbruch. Irgendwann kündigt Tim Bendzko das letzte Lied für heute an. Julia kommt zu mir. „Los, wir gehen schon!", schreit sie mir ins Ohr. Schade, ich hätte das Lied noch gern zu Ende gehört. „Das kriegen wir auch draußen mit", meint Julia und schiebt mich durch die Menge Richtung Ausgang. „Ich will wenigstens in der ersten Reihe stehen, wenn Tim Autogramme verteilt."

„Wir kommen dann später auch dorthin!", rufst du mir noch nach.

Wir schaffen es tatsächlich in die erste Reihe, denn bei der Absperrung ist noch nicht viel los. Das ändert sich allerdings schlagartig, als Tim Bendzko die Bühne verlassen hat. Nur wenige Minuten später stürmen unzählige Mädchen auf uns zu. Julia und ich müssen uns regelrecht an die Absperrung klammern, um unseren Platz nicht zu verlieren. Immer wieder ermahnen die

Security-Leute, nicht so zu drücken und zu drängeln. „Wann kommt er?", ruft ein Mädchen und fortwährend ertönen Tim-Sprechchöre. Natürlich bin ich auch schon aufgeregt, ihn gleich von Nahem zu sehen – aber ehrlich gesagt ist mir das Ganze hier schon ein bisschen zu viel. Die Luft in dem Pulk von schwitzenden und kreischenden Mädchen wird immer knapper. „Nicht aufgeben!", japst Julia.

Ich klettere auf die Stange der Absperrung und entdecke euch etwas abseits. Du schaust dich suchend um und ich winke euch. Da kommt einer von der Security und scheucht mich von der Absperrung, weil er anscheinend denkt, dass ich drüberklettern will. Yasar hat mich jedoch gesehen und macht mit lustigen Luftsprüngen die hysterischen Mädels nach. Lachend schüttele ich den Kopf, dabei spüre ich, wie es mir fast schon wieder mein Herz zerreißt. Als Yasar dir zeigt, wo wir stehen, winkst du mir auch zu und unterhältst dich dann mit Tom. Paula und Frido stehen knutschend weiter weg und Yasar holt auf einmal sein Handy hervor. Ob er mir etwas schreibt? Ich warte kurz, aber mein Display leuchtet nicht auf. Vielleicht schreibt er Kröten-Caro, durchzuckt es mich. Das zerreißt mein Herz fast noch mehr. Warum muss die Liebe immer so kompliziert sein? Von Tim Bendzko ist noch lange nichts zu sehen. Ich bin durstig, müde und kann irgendwie nicht mehr klar denken. Vielleicht schreibe ich genau deshalb jetzt folgende Worte an Yasar in mein Smartphone: *Ich bin übrigens in dich verliebt.* Ehe ich weiter überlegen kann, habe ich es auch schon abgeschickt. Oh Gott, was habe ich getan??? Ich kann genau erkennen, wie Yasar die Nachricht liest.

Seine Gesichtszüge frieren für einen Moment schockartig ein. Doch dann grinst er und tippt etwas.

HAMMER! Und ich in dich ☺, blinkt es kurz darauf auf meinem Display auf. Echt jetzt? So einfach ist das? Was geht denn mit Yasar ab? Also hatte ich die ganze Zeit recht! Ein Glücksgefühl durchströmt mich …

Äh, nur so zur Sicherheit: Das war gerade Spaß von dir, oder?, kommt eine zweite Nachricht von ihm hinterher. Ich schaue auf und unsere Blicke treffen sich. Yasar guckt verwirrt. *Nein, kein Spaß! Bin ziemlich verzweifelt …*, schreibe ich zurück.

Scheiße! Und du hast nicht einfach nur unsere Namen verwechselt???
Nein, wie oft denn noch …

Julia hat sich zum Glück schon mit zwei riesigen Tim-Bendzko-Fans angefreundet, sodass sie sich nicht weiter darum kümmert, dass ich die ganze Zeit mit meinem Smartphone hantiere. Vermutlich denkt sie, ich schreibe mit dir, Jan. Aber du kommst gar nicht auf die Idee, sondern bist in dein Gespräch mit Tom vertieft.

Müssen wir reden?, kommt von Yasar. Ich schaue noch mal zu ihm hin. Ist er sauer? Aus der Entfernung kann ich es nicht richtig erkennen, aber ich glaube nicht.

Ja, wir sollten unbedingt reden!, tippe ich.

Okay, ich überleg mir was. Bitte tu so, als wäre nichts.

Nichts anderes tue ich seit Wochen. Dass ich ihm jetzt die Wahrheit sage, ist reiner Selbstschutz. Ich will ihm das eigentlich noch schreiben, aber in diesem Moment steigt das Geschrei um mich herum sirenenartig an und mir fällt vor Schreck fast das

Handy aus der Hand. Schnell lasse ich es in meine Tasche gleiten und hole die CD und meinen Stift hervor. ER ist da!!! Ich sehe ihn schemenhaft am anderen Ende der Absperrung auf die ersten Arme unterschreiben, die sich ihm entgegenstrecken. Oh, bitte lass ihn auch bis zu uns kommen!

Es sieht gut aus. Julia krallt mir eine Hand in die Schulter, in der anderen hält sie ihr Häschen. „Tiiihiiim!", kreischt sie, dass es mir fast das Trommelfell zerreißt. Tim Bendzko ist jetzt ganz nah. Nur noch wenige Autogramme, dann wird er meine CD signieren, dann … plötzlich höre ich neben mir nur noch ein heftig schnappendes Keuchen. Als ich mich zu Julia umwende, sehe ich, dass ihr Gesicht kalkweiß geworden ist. Und dann geht alles sehr schnell …

Für einen Moment weiß ich gar nicht, wie mir geschieht. Die Sanitäterin sagt zu mir, dass ich ruhig mit in das Zelt kommen kann, weil ich so geschockt aussehe. Als wir an euch vorbeikommen, schaut ihr auch alle ziemlich fassungslos auf uns. „Was ist denn passiert?", fragst du mit großen Augen. Ihr wollt alle mitkommen, doch die Sanitäterin sagt, dass ihr vor dem Rettungszelt warten müsst, bis sie euch ruft.

In dem Rettungszelt stehen lauter Notbetten nebeneinander, auf denen noch mehr Mädchen sitzen oder liegen, die anscheinend auch zusammengeklappt sind. Julia setzt sich auf eines der Betten. Sie sieht noch immer kreidebleich aus. „Hallo, ich bin Johannes", sagt einer der Sanitäter. „Und wie heißt du?"

Julia sagt leise und mit zittriger Stimme ihren Namen. „Ist das dein erstes Tim-Bendzko-Konzert?" Als Julia nickt, fährt Johannes fort: „Ganz schön spannend, was? Du hast hyperventiliert. Das bedeutet, du hast zu schnell geatmet vor Aufregung und dabei zu viel Kohlendioxid ausgeatmet. Daher kommt das Gefühl der Atemnot. Aber das ist gleich wieder vorbei. Zur Sicherheit checken wir dich kurz durch." Jetzt steckt er Julia ein kleines Gerät auf den Finger. „Das ist ein Pulsoximeter. Damit gucken wir, wie viel Sauerstoff in deinem Blut ist und wie schnell dein Herz schlägt."

Während Johannes Julia noch ganz viele Fragen stellt, zum Beispiel, auf welche Schule sie geht, welche Hobbys sie hat und was sie am liebsten zum Frühstück isst, bringt die Sanitäterin uns etwas zum Trinken und einen Schokoriegel. Oh, cool, dafür hat es sich auf jeden Fall gelohnt, ins Rettungszelt zu kommen. Auch wenn mir der Schreck noch ganz schön tief in den Knochen sitzt. Gierig beiße ich in den Schokoriegel. Die Sanitäterin streichelt mir über den Arm. „Geht's dir schon besser?", fragt sie freundlich. Ich nicke langsam. „Warum will der so viel von Julia wissen?", frage ich mit einem Blick auf Johannes. Julia wirkt auch schon wieder ein bisschen lebhafter und erzählt brav, dass sie morgens zum Frühstück meistens Müsli isst. Die Sanitäterin lacht. „Ja, Johannes macht das immer ganz charmant. Das lenkt deine Freundin ein bisschen von dem eigentlichen Vorfall ab." Seit wann ist es charmant, wenn man andere Leute ausfragt? Na ja, ich bin trotzdem ein bisschen neidisch, weil Julia von so einem coolen Typen behandelt wird. Aber die Sanitäterin ist ja auch ganz nett.

Nach ein paar Minuten hat Johannes Julia durchgecheckt. „Sämtliche Werte sind im Normalbereich, nur der Puls ist etwas erhöht. Ansonsten ist alles gut!", sagt er und packt die Sachen zusammen.

„Nichts ist gut!" Plötzlich bricht Julia in Tränen aus. „Ich … Ich habe Tim verpasst … und das Häschen für ihn habe ich auch verloren."

Ja, das Häschen liegt wahrscheinlich irgendwo im Dreck. Betroffen schaut Johannes auf die schluchzende Julia. In seinem Blick spiegelt sich offensichtliches Mitleid, aber ich glaube auch ein bisschen hilflose Belustigung zu erkennen. Auf jeden Fall scheint ihm nichts mehr einzufallen. Ich setze mich neben Julia und lege den Arm um sie. „Hey, sei froh, dass nur das Häschen im Dreck liegt und nicht auch noch du!", sage ich leise und ein bisschen vorwurfsvoll. Julia muss kurz lachen und umarmt mich dann heftig. „Tut mir leid, Lea! Du hast Tim Bendzko jetzt ja auch verpasst, wegen mir."

„Macht nichts!", antworte ich, obwohl ich es natürlich schon echt beschissen finde, dass mir die Begegnung quasi in letzter Sekunde durch die Lappen gegangen ist. Aber es gibt Wichtigeres, als einem Popstar die Hand zu schütteln … das hört sich ganz schön erwachsen an, was? Irgendwie bin ich stolz auf den Gedanken – der hätte auch von Pinky stammen können. Aber ich bin von ganz allein draufgekommen!

Wenig später ist es aber auch schon wieder vorbei mit dem Sich-Erwachsenfühlen. Als wir aus dem Zelt kommen, umarmst du mich. Mein Herz klopft heftig, Yasar weicht meinem Blick aus. So weit wie möglich hält er Abstand von mir. Er redet nicht mal. Und das, wo er doch sonst immer einen lockeren Spruch parat hat. Ich fühle mich miserabel …

Dafür geht es Julia blendend. Tom kümmert sich rührend um sie, und als wir vom Gelände der Freilichtbühne gehen, halten die beiden sogar Händchen. Ich glaube, sie sind längst zusammen – irgendwie hab ich das mal wieder verpasst.

Montag, 2. Juni

Yasar geht mir aus dem Weg. Gestern waren wir zu mehreren im Park grillen, aber er hatte angeblich schon was anderes vor. Was, das wusstest du nicht. Vielleicht irgendein Mädchen … ja, vielleicht Kröten-Caro …

Heute in der Schule war er kühl, ja, richtig abweisend. So, als wären meine Gefühle ein Verbrechen. Ich weiß doch selbst, dass es eine Katastrophe ist. Egal, wie er sich mir gegenüber verhält – jede Art ist schlimm. Zum ersten Mal überlege ich, ob ich mit dir Schluss machen muss, Jan. Aber dann ist mein Gehirn sofort leer, wie ausgepumpt, und ich kann nicht weiter darüber nachdenken, ob das der richtige Weg ist.

Weil ich mit dem Kopf nicht weiterkomme, gehe ich am Abend mit Mudda ins Buddhistische Zentrum zum Meditieren. Das beruhigt mich zwar ein bisschen, aber danach fühle mich trotzdem noch furchtbar traurig. Mudda legt den Arm um mich und drückt mich. „Immer noch wegen Jan und Yasar?", fragt sie. Oma Anna und Opa Thomas wollen wissen, was los ist, und Mudda schildert ihnen in kurzen Worten, dass ich nicht weiß, in wen ich eigentlich verliebt bin. In dich, Jan, oder in Yasar.

„Doch, eigentlich weiß ich es", sage ich plötzlich und dann kann ich nicht verhindern, dass mir die Tränen in die Augen schießen. „Ich hab mir das mit dem Jan immer so schön ausgemalt …"

Mudda seufzt laut. Und dann erklärt sie mir, dass zwischen Hoffen und dem wirklichen Leben Welten liegen. Das beste Beispiel dafür seien wohl Papa und sie.

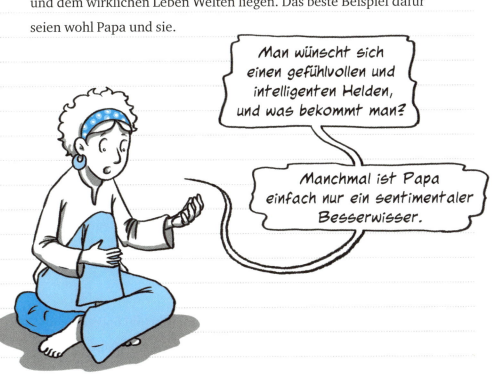

„Und trotzdem liebst du Papa?", frage ich schniefend. Mudda nickt. „Ich kann es nicht anders beschreiben."

Ich frage mich, ob ich jemals so enden will wie meine Eltern. „Ist das wahre Liebe?", erkundige ich mich. „Wenn man streitet und sich gegenseitig auf die Nerven geht?"

„Es gehört auf jeden Fall dazu", erwidert Mudda. Dann steht sie auf, um uns noch einen Tee zu kochen.

„Und das Kribbeln geht mit der Zeit ganz weg?" Ich starre nachdenklich vor mich auf den Boden. Irgendwo habe ich mal den Satz gelesen: *Echte Liebe kribbelt in der Seele*. Das hört sich irgendwie schön an. Aber leider habe ich von meiner Seele keine Ahnung. Ob ich überhaupt eine habe? Bin ich vielleicht seelenlos? „Ich möchte mal wissen, wieso ich mich bei Jan so geirrt habe", seufze ich.

Opa Thomas legt den Arm um mich. „Manchmal sind Menschen, die wir lieben, wie ein leeres Blatt Papier, auf das wir mit unseren Wünschen und Hoffnungen ein Traumbild malen", beginnt er. „Wir sehen oft gar nicht mehr den Menschen, sondern nur das von uns gemalte Bild. Wenn der geliebte Mensch plötzlich anders erscheint, als wir es uns wünschen, verunsichert uns das. Viele Menschen werden dann sehr traurig und manchmal sogar wütend, obwohl der andere Mensch dafür eigentlich gar nichts kann. Wir sehen in solchen Momenten auch nicht, dass wir dieses wunderschöne Gefühl der Liebe auch ganz ohne den anderen Menschen erleben können – denn es war ja unser eigenes Bild und unsere eigene Fähigkeit, dieses wunderbare Gefühl zu erfahren!"

Was er sagt, fühlt sich gut an. Aber trotzdem ist es für mich nur sehr schwer zu verstehen. Wahrscheinlich, weil meine Traurigkeit gerade alles andere überschattet.

Auf dem Nachhauseweg haut Mudda einen ihrer Kalendersprüche raus. „Die Wirklichkeit kann nie so perfekt sein wie der Traum von ihr." Dabei streicht sie mir durchs Haar wie früher, als ich klein war. „An den Traum, den du von Jan hattest, konnte der echte Jan gar nicht herankommen. Von Yasar hingegen hast du kein einziges Mal geträumt. Das ist einfach so passiert. Das ist Realität!"

Wahrscheinlich hat Mudda recht. Aber auch diese Erkenntnis hilft mir jetzt gerade nicht weiter. Meine Realität ist, dass ich dir wehtun werde, Jan. Und das tut mir selber auch so verdammt weh. Mudda sagt, der Schmerz gehört zum Leben dazu. Ich will einfach nur, dass er möglichst schnell vorbeigeht.

Mittwoch, 4. Juni

Yasar hat sich gemeldet, dass wir reden können, wenn ich das brauche. Schon als ich die Nachricht lese, muss ich fast heulen. Wir verabreden uns auf den Stadtterrassen, gegen 15 Uhr. Um die Zeit hast du Fußballtraining.

Nun sitzen wir so da auf den Treppenstufen und trauen uns nicht, einander anzuschauen. Mehr oder weniger abwechselnd geben wir komische Töne von uns – ein Lied aus tausend Seufzern. Keiner weiß, wie er anfangen soll. Yasar hat ein paar Kieselsteinchen aufgehoben und schüttelt sie unschlüssig von einer Hand in die andere. Ich würde gern etwas sagen, das die Stimmung ein bisschen

auflockert. Aber es gibt einfach nichts Passendes. Manche Situationen im Leben sind einfach null Komma null witzig.

„Ich überlege, ob ich mit Jan Schluss machen soll", sage ich leise.

Yasar feuert ein Steinchen so heftig auf die Treppen vor sich, dass es wie ein Gummiball drei Stufen weit hüpft. „Vergiss es, Lea!", antwortet er nur.

„Was?", entgegne ich ein wenig entgeistert. „Willst du mir das verbieten?"

„Nein." Yasar schüttelt den Kopf. Dann schauen wir uns plötzlich doch an und ich habe das Gefühl, in seinen tiefen dunklen Augen zu versinken. Wie gern würde ich jetzt noch mal alles zurückspulen und mit ihm im Kino sitzen. Als er mich einfach so geküsst hat. Doch davon ist Yasar im Moment ziemlich weit entfernt.

„Du bist eine blöde Kuh, Lea!", sagt er plötzlich so heftig, dass ich das Gefühl habe, er tritt dem Nashorn, das zwischen uns sitzt, einmal heftig in den Bauch. „Vor einem Dreivierteljahr hättest du mich haben können und da wolltest du nicht. Was soll das jetzt? Jan ist mein bester Freund."

„Ich weiß!" Ich kann nicht verhindern, dass meine Augen sich mit Tränen füllen. „Eigentlich wollte ich ja auch nur mit dir reden, damit du nicht mehr so nett zu mir bist. Ich hab mir die Gefühle für dich doch auch nicht ausgesucht. Wenn ich könnte, würde ich das anders steuern. Aber es geht nicht …"

Yasar sieht mich lange an und sein Blick ist jetzt richtig traurig. Er ist auch in mich verliebt, ich weiß es einfach. Das muss er nicht aussprechen. „Die Gefühle sind ja auch nicht das Schlimme", sagt er langsam. „Die Frage ist doch, wie man damit umgeht. Ich kann das dem Jan nicht antun."

„Das sollst du ja auch gar nicht", erwidere ich ziemlich großspurig, dabei fühle ich mich, als würden meine Nashörner mich von innen aufschlitzen. Keine Zeit mehr mit Yasar verbringen zu können ist so ziemlich das Schlimmste, was mir im Moment passieren kann. Und trotzdem wahrscheinlich das Beste. „Wir dürfen einfach nicht mehr so viel Kontakt haben", sage ich. „Und dann wird mit der Zeit bestimmt alles wieder gut werden."

„Und mit dem Jan machst du einfach so weiter?", hakt Yasar jetzt doch nach.

Ich nicke unmerklich. „Ich hab ihn halt einfach auch so lieb. Es ist nicht so, dass ich ihn nicht mehr leiden könnte. Nur dich hab ich halt lieber."

Yasar feuert noch zwei weitere Steinchen die Treppe hinunter. „Mann, das ist alles so ein Scheiß! Es war alles perfekt, als ich noch mit Caro zusammen war. Warum kann das nicht wieder so sein?"

Ich hätte niemals gedacht, dass es einmal so weit kommen würde, aber gerade muss ich ihm einfach zustimmen. Kröten-Caro kommt mir wie die Heilsbringerin schlechthin vor. Wenn Yasar wieder mit ihr zusammenkommen würde, dann könnte es eventuell wie früher werden. Und offensichtlich wünscht er sich das ja auch sehnlichst. Vielleicht ist er doch nicht in mich verliebt. Vielleicht mag er mich nur und seine wahre Liebe ist Kröten-Caro. Ein Kloß verschnürt meinen Hals, wenn ich mir das vorstelle. Aber wenn Yasar sich das so wünscht, vielleicht muss ich dann mal über meinen Schatten springen und mit Kröten-Caro reden. Seit herausgekommen ist, dass der Holländer gar nicht existiert, frage ich mich sowieso, wo eigentlich das Problem ist.

Von innen betrachtet, fühlt sich das mit Yasar richtig an. Wir passen einfach zusammen, aber faktisch geht es nicht. Und deshalb will ich jetzt einmal in meinem Leben vernünftig sein und etwas richtig machen.

Donnerstag, 5. Juni

Heute haben wir Wandertag, das ist die perfekte Ausgangssituation, um Kontakt mit Kröten-Caro aufzunehmen. Ziemlich lange habe ich darüber nachgedacht, ob ich das wirklich tun soll. Ich meine, es hat mich total genervt, als Kröten-Caro und Yasar ein Paar waren. Und auch jetzt könnte ich durchdrehen bei dem Gedanken, dass sie vielleicht wieder eines werden. Aber schließlich hat Yasar auch ein Recht darauf, glücklich zu sein, und deshalb will ich ihm dabei helfen.

Pinky findet die Idee nicht so spitze. „Warum sollte Kröten-Caro ausgerechnet mit dir über Yasar reden?", fragt sie, als wir morgens mit der ganzen Klasse in der S-Bahn sitzen und raus ins Grüne fahren.

„Warum nicht?", erwidere ich. „Das ist eine gute Gelegenheit, um mich mit ihr anzufreunden."

„Damit könntest du ruhig warten, bis ich weg bin", gibt Pinky kopfschüttelnd zurück, dann zieht sie eine Tüte mit sauren Pfirsichringen hervor. „Hier, willste auch? Aber nur zwei! Mit den restlichen schmücke ich heute Abend Gregors Auto. Morgen ist doch unser Halbjahrestag", verkündet sie stolz.

Halbjahrestag – bei uns ist der am, Moment, ich rechne – am 21. August. Also noch in ewig weiter Ferne.

Die S-Bahn hält und wir steigen in einem Vorstadtviertel aus. Von dort aus geht es direkt in die Natur. Frau Semmel hat nämlich eine Wanderroute durch Wiesen und Felder angesetzt. Ich weiß jetzt übrigens auch, warum Frau Semmel und Frau Sauerwein sich nicht leiden können. Die beiden konkurrieren um den Lehrer-Preis für mehr Engagement an unserer Schule. Frau Semmel macht einen auf Umweltschutz und Frau Sauerwein einen auf soziales Engagement. Das sind natürlich zwei wichtige Bereiche und ich bin gespannt, wie sich Direktor Broll am Ende entscheidet. Vielleicht wird es ja auch jemand ganz anderes. Frau Müller ist wahrscheinlich raus, weil sich in der Bibel-AG niemand angemeldet hat und sie ansonsten nur die Theater-AG zusammen mit Frau Sauerwein geleitet hat. Das ist zu wenig.

Na ja, jedenfalls trampeln wir jetzt erst mal querfeldein ein schönes Kornfeld platt, weil Frau Semmel denkt, das sei eine Abkürzung. Da hat Frau Sauerwein natürlich Grund zum Zetern. Sie genießt es regelrecht, Frau Semmel ihre Fehler unter die Nase zu reiben, und Frau Semmel wird auch immer pampiger. Ich hätte nicht gedacht, dass sich erwachsene Menschen so benehmen. Lehrer halt!

Egal, ich pirsche mich mal an Kröten-Caro heran.

Ganz toll! Die richtige Ausgangslage für ein *Sozusagen-beste-Freundinnen*-Gespräch. „Ja, also, ich wollte mal mit dir über Yasar reden", beginne ich.

„Oh nein!" Kröten-Caro geht plötzlich einige Schritte schneller, sodass ich Mühe habe, ihr zu folgen. Kornstängel, die sie achtlos an sich vorbeistreifen lässt, schlagen mir gegen die Beine „Warte doch mal!", sage ich. Kröten-Caro bleibt abrupt stehen und ich pralle fast gegen ihren Rucksack. „Mit dir rede ich ganz bestimmt nicht über Yasar!", schnauft sie wütend.

„Aber warum denn nicht?", entgegne ich wenig geistreich. Schließlich weiß jeder, dass wir beide uns nicht leiden konnten, können und vermutlich auch niemals leiden werden. Aber wie zum Hohn meiner Gedanken oder einfach nur aus hilfloser Dummheit setze ich sogar noch eins obendrauf: „Wir haben uns doch mal ganz gut verstanden, als ihr noch zusammen wart."

Kröten-Caro lächelt voller arrogantem und bösartigem Mitleid. „Deine Naivität ist echt nicht zu überbieten, Lea. Nicht jeder, der dir seine Zähne zeigt, lächelt!"

Wow, wo hat sie denn den Satz her? Ich bin kurz davor, ihr meine Kehle hinzuhalten, damit sie reinbeißen und mich töten kann. Wobei das Artgenossen untereinander ja eher nicht machen. Es wäre also nur zum Zeichen, dass sie gewonnen hat. Mir fällt nämlich absolut nichts mehr ein. Außer dass ich mich immer wieder frage, was Yasar von dieser Kröten-Löwin eigentlich will? Es kann ihm doch nicht nur ums Aussehen gehen, oder? Wie oberflächlich ist der Typ eigentlich …?

Freitag, 6. Juni

Unfassbar: Ich habe eine Vier plus in der Mathearbeit! Den überhaupt nicht witzigen Kommentar hätte sich Herr Schmidt zwar sparen können, aber egal. In Französisch habe ich sogar eine Drei minus, das Leben könnte nicht schöner sein! Na ja, zumindest was die Schule angeht. Ich habe sogar das Gefühl, dass Frau Semmel mir nicht mehr so feindlich gesinnt ist, seit Frau Sauerwein mit ihr geredet hat. Vielleicht hat der Endspurt im Lehrer-Contest ja zur Folge, dass sie bessere Noten vergeben, so nach dem Motto: Seht her, wie gut die Schüler bei mir sind – das wäre echt cool! Auf diese Weise könnte ich die achte Klasse schaffen …

Pinky kam heute Morgen total geknickt in die Schule. Obwohl sie und Gregor heute ihren Halbjahrestag haben! Aber genau das ist das Problem. Gestern hat sie sich im Dunkeln spätabends noch zu seinem Auto geschlichen und ihm das Herz aus Pfirsichringen auf die Motorhaube gelegt. Dummerweise schien die Morgensonne heute schon ziemlich stark und hat die Pfirsichringe quasi mit der Motorhaube verschmolzen. Doch nicht nur das: Die Säure aus den Teilen hat auch noch den halben Lack und die Farbe weggeätzt, sodass auf Gregors Motorhaube jetzt ein unregelmäßiges hellrotes Zuckerherz eingebrannt ist.

Die Härte ist aber, dass Gregor zwar zuerst total sauer war, aber vorhin in der Pause hat er noch mal angerufen und schon wieder gelacht. Und gemeint, eigentlich sei es total süß und er wisse noch nicht mal, ob er den Wagen in die Werkstatt bringt. Mann, hat Pinky ein Glück! Vielleicht ist es die richtige Entscheidung, mit Gregor nach England zu gehen …

Yasar und ich gehen uns jetzt aus dem Weg, so gut das möglich ist. Seit gestern bete ich zusätzlich folgenden Satz mantramäßig vor mich hin: *Yasar ist ein oberflächlicher Typ.* Ich hoffe, das hilft mir, ihn schneller zu vergessen. Bislang zeigt das Mantra leider noch keine Wirkung.

Samstag, 7. Juni

Heute hatte ich meinen ersten (und letzten) Schwimmwettkampf. Ein Bild sagt mehr als tausend Worte:

alle anderen → ← *ich*

Julia ist Dritte geworden und war ziemlich happy. Tom hat in allen Disziplinen den ersten Platz belegt – und ich habe beschlossen, wieder aus dem Schwimmverein auszutreten. Besonders, weil du zu meinem Desaster nur gesagt hast: „Na ja, vielleicht ist Schwimmen doch nicht so deine Sportart …" Dann hast du noch den Arm um mich gelegt, aber getröstet hat mich das nicht. Ich bin doch nur deinetwegen in diesen Verein gegangen, Jan! Offensichtlich war das ein Fehler …

Sonntag, 8. Juni

Ich frage mich, ob du etwas spürst, Jan. Die Stimmung zwischen uns ist jetzt öfter mal angespannt und ich glaube, du wunderst dich, weil Yasar nicht mehr so viel mit uns beiden macht.

Heute ist ein ziemlich heißer Tag. Wir gehen mit Pinky und Gregor ins Freibad. Pinky hat Gregor extra dazu überredet, weil sie so viel Zeit wie möglich mit mir verbringen will. Auf der Wiese hinter den Becken treffen wir Paula und Frido, Julia und Tom und noch ein paar andere aus deiner Klasse. Irgendwann kommt Yasar vorbei und du rufst überrascht aus: „Alter, du bist ja auch da! Warum hast du denn nicht Bescheid gegeben?"

Yasar grinst hilflos und sagt, das habe sich ganz kurzfristig ergeben. Mich sieht er dabei nicht an. „Kommt, wir spielen Volleyball", sagst du auffordernd zu uns allen und die meisten sind auch sofort dabei. Pinky hebt abwehrend die Hände. „Sport nur in der Schule!" Gregor macht dafür mit. Du schiebst Yasar ganz selbstverständlich zum Sandspielfeld auf der Wiese. Ich zögere, aber am Ende fehlt noch genau eine Person für ein ausgewogenes Spiel und das bin wohl ich. Wenigstens sind Yasar und ich nicht in derselben Mannschaft, sodass ich ihn nur durch die weißen Maschen des Netzes sehe. Sein braun gebrannter Oberkörper fällt mir aber trotzdem auf. Okay, nicht hingucken, Lea!

Leider sind Nashörner unfähig, Volleyball zu spielen, und deshalb verlieren wir wegen mir ziemlich oft Punkte. Mist, warum bin ich so aufgewühlt? Ich will so gern cool und locker sein, aber es klappt einfach nicht. Yasar dagegen spielt wie immer, obwohl er doch in einer ähnlichen Lage ist wie ich. Oder? Offensichtlich kann er damit ziemlich gut umgehen … Schon wieder haue ich den Ball voll ins

Netz. Du versuchst, dir nichts anmerken zu lassen, aber ich spüre trotzdem, dass es dich nervt. „Geh mal dahin", sagst du und weist mir eine Position hinter dir zu, auf der ich möglichst nichts falsch machen kann, weil du sowieso vor mir am Ball bist. Ich fühle mich wie eine Niete, also bin ich eine Niete, weil ich eine Nietenausstrahlung habe. Es ist alles zum Heulen!

Später liegen wir wieder auf unseren Handtüchern, essen Pommes, lesen und quatschen, und es gibt für Yasar keinen offiziellen Grund mehr, nicht bei uns zu sein. Deshalb legt er sich dazu (natürlich in großer Entfernung zu mir). Ich beruhige mich ein bisschen. Vielleicht normalisiert sich ja doch eines Tages einfach alles wieder bei mir. Plötzlich bleiben zwei jüngere Mädchen stehen und werfen ihre Schatten auf uns. Sie fangen wie irre an zu kichern. Oh nein, die blöden kleinen Tussis aus dem Schwimmverein …!

Okay, ich liebe Yasar. Ich weiß zwar immer noch nicht, ob sich echte Liebe so anfühlt, aber das ist gerade egal. Mein Gefühl ist auf jeden Fall echt!

Es ist so mega-cool, wie er seine Sonnenbrille ins Haar schiebt, die Mädels grinsend anblickt und dann herausfordernd höhnt: „Schaut euch mal um, alle warten schon auf euren nächsten Witz. Na?"

Den Mädels steht vor Überraschung der Mund offen und das Lachen bleibt ihnen in der Kehle stecken. Ein paar Sekunden später haben sie sich allerdings schon wieder gefangen und trollen sich lachend weiter. Diesmal klingt es aber eher etwas hilflos.

„Danke", sage ich bloß.

„Bitte!", antwortet Yasar und es klingt ein bisschen belustigt. Du hast dich schon wieder deinem Comic gewidmet. Doch jetzt schaust du auf, guckst zu mir, dann zu Yasar. Ich kann deinen Blick nicht deuten. Aber ich bin froh, als du dich kurz darauf wieder in deinen Comic vertiefst. Pinky guckt komisch – so als wüsste sie ganz genau, wie ich mich fühle. SCHRECKLICH!

Natürlich hat Pinky wie immer sofort kapiert, dass es mir richtig dreckig geht. Deshalb schreibt sie mir später eine Nachricht, ob wir uns abends noch in der Stadt treffen. Wir sitzen lässig im Café und trinken Holunderblütenschorle. Ansonsten ist an mir im Moment leider nichts lässig.

Pinky streichelt mir über den Arm. „Hey, alles okay?", fragt sie, obwohl sie genau weiß, dass ich es verneinen werde.

„Ich halte es nicht mehr aus!", antworte ich. Meinen Kopf habe ich in beide Hände gestützt und schaue in das Glas mit der durchsichtigen Holunderlimonade, als könnte ich darin meine Zukunft lesen. „Für Yasar ist es auch total blöd, wenn er nicht mehr einfach so mit uns abhängen kann." Pinky nickt, als hätte sie das alles auch schon mal mitgemacht. Hat sie vielleicht sogar schon mal, keine Ahnung. Aber mir kommt meine Geschichte gerade unglaublich außergewöhnlich vor. „Quatsch, so was gibt es voll oft", sagt Pinky altklug. „Bei sich selbst spürt man die Dramatik nur immer am deutlichsten und denkt deshalb, dass es total ungewöhnlich ist. Was willst du jetzt machen?"

Ich seufze und für einen Moment kann ich nicht weitersprechen, weil zwei Tränen über den Rand meiner Augen treten und still meine Wangen hinabrinnen. „Ich werde mit Jan Schluss machen", presse ich mit erstickter Stimme hervor.

Pinky rückt mit ihrem Stuhl neben meinen und nimmt mich in den Arm. „Hey, das ist das Beste. Weißt du, es ist ja auch nicht fair, weiterhin mit ihm zusammen zu sein, wenn du das gar nicht richtig empfindest."

Darüber habe ich auch schon nachgedacht. Dass du nicht Bescheid weißt, ist einfach fies von mir, Jan – du schaust eventuell kein anderes Mädchen an, weil ich dich quasi besetzt halte. Ich will einfach nicht so egoistisch sein. Zwar verspüre ich jetzt schon ganz heftige Nashorntritte bei dem Gedanken daran, dass wir nicht mehr zusammen abhängen, nicht mehr in der Gruppe wie jetzt weggehen und auch ansonsten alles zerstört ist. Aber es geht einfach nicht anders.

Am meisten aber schäme ich mich dafür, dass ich so sehr in dich verliebt war und jetzt nichts mehr davon übrig ist. Nichts als das lauwarme Gefühl, dich sehr gern zu haben. Das ist am allerschlimmsten. „Ich war mir so sicher mit Jan …", murmele ich vor mich hin. „Aber irgendwie scheinen wir doch nicht ganz die gleiche Wellenlänge zu haben …"

„Ach, Lea", antwortet Pinky und streichelt mir weiterhin aufmunternd über den Rücken. „Das konntest du doch nicht wissen, solange du ihn immer nur aus der Ferne gesehen hast. Das musstest du herausfinden. Und das hast du nun getan!"

Montag, 9. Juni

Ich habe Yasar eine Nachricht geschrieben, dass ich mit Jan Schluss machen werde. *Du kannst also in Zukunft wieder ganz normal mit Jan umgehen,* schreibe ich, *weil er und ich danach ja vermutlich keinen Kontakt mehr haben. Ich kann nicht anders, auch wenn es mir schwerfällt. Ich bin ziemlich traurig …*

Von Yasar kommt postwendend die Antwort.

Aber mein Herz gehört Caro ..., füge ich gedanklich zu Yasars Nachricht hinzu und bringe mich damit schon fast wieder zum Weinen.

Dienstag, 10. Juni

Ich habe beschlossen, bis zum Freitag zu warten. Unter der Woche bringe ich es einfach nicht, unsere Beziehung zu beenden. Wenn man dann am nächsten Tag wieder in die Schule muss und sich sieht, das ist doch grauenvoll. Ich hoffe, dass wir uns am Wochenende erholen können und es am Montag drauf nicht mehr ganz so schlimm ist. Und was ich ganz besonders hoffe, Jan: dass wir irgendwie Freunde bleiben können ...

In meiner Familie merkt keiner so richtig, was eigentlich mit mir los ist. Gut, Mudda vielleicht. Aber Mudda macht zurzeit wieder ihre nächtlichen Spaziergänge und keiner weiß, wohin und mit wem. Außerdem hängt sie ständig im Buddhistischen Zentrum bei Oma Anna und Opa Thomas rum. Ich glaube, Papa hat es aufgegeben, mit ihr zu diskutieren. Überhaupt sind die beiden in letzter Zeit eher schweigsam zueinander und ich frage mich, ob das mal wieder ein komisches Zeichen für eine Krise ist. Wäre ja nicht die erste ...

Der Troll nimmt weiterhin fleißig Gesangsstunden bei Hans Goldeisen und für morgen Abend hat er uns alle zum Wohnzimmerkonzert eingeladen, damit er uns seine neuesten Songs präsentieren kann. Du kommst auch, Jan, und vor dir ist es dem Troll natürlich besonders wichtig, zu glänzen.

Mittwoch, 11. Juni

Irgendwie ist die Stimmung in unserer Clique angespannt. Du bist heute schlecht gelaunt, weißt jedoch nicht, warum. Spürst du vielleicht etwas, Jan? Selbst Paula hat heute nach der Pause wieder so eine Andeutung gemacht, dass ich immer mit ihr reden könnte, wenn ich Probleme haben sollte. Aber mit Paula fühle ich mich im Moment nicht so verbunden, da könnte ich noch eher mit Julia über alles reden. Nur schwebt Julia gerade auf Wolke 777 und schwärmt in einem fort von Tom. Tom spielt Klarinette, Tom ist supersportlich, Tom ist ein Mathegenie, Tom kann alles, Tom weiß alles, Tom findet immer die richtigen Worte … Tom, einfach gigantomanisch. Wie gut, dass ich Pinky hab …

Na ja, aber dass du so komisch bist, beunruhigt mich ziemlich. Als du abends bei mir bist, sagst du plötzlich: „Ich weiß nicht, irgendwie ist Yasar in letzter Zeit so anders drauf. Ich frag mich, was der hat."

„Keine Ahnung." Ich springe auf, weil ich dir jetzt auf keinen Fall zu nahe sein kann. Mein Mund ist auf einmal staubtrocken und in meinem Bauch rumort es ganz schrecklich. Ich glaub, ich muss aufs Klo.

„Vielleicht ist es immer noch wegen Caro", überlegst du.

„Ja, wahrscheinlich. Er wäre eben immer noch gern mit ihr zusammen." Mittlerweile muss ich ganz dringend.

„Versteh ich nicht", antwortest du. „Caro ist hübsch, kein Zweifel. Und auch intelligent. Aber irgendwie kommt es doch auf mehr an. Ich weiß auch nicht so genau …" Du blickst mich fragend an, so, als könnte ich dir nun sagen, worauf es ankommt. Aber ich bin leider die Letzte, die erklären kann, warum man sich in bestimmte Menschen verliebt und auch wieder nicht. Oder warum man meint, dass man in bestimmte Menschen verliebt ist.

„Äh, ich muss mal dringend wohin", sage ich und schlüpfe zur Tür hinaus, weil es jetzt wirklich dringend ist. Auf der Toilette dauert es länger, weil ich nachdenken muss. Eigentlich sollte ich genau jetzt mit dir reden, Jan. Reinen Tisch machen und das Ganze nicht noch bis Freitag hinauszögern. Aber gleich kommen Oma Anna und Opa Thomas, Oma Marion und Tante Conny und Hans Goldeisen. Außerdem noch einige Freunde vom Troll, alle wollen sie dem großen Wohnzimmerkonzert lauschen.

215

Nein, JETZT ist genau der falsche Zeitpunkt. Ein bisschen beruhigt drücke ich auf die Klospülung und gehe zurück in mein Zimmer.

Doch da erwartet mich der Schock meines Lebens.

Ich muss sofort anfangen zu weinen, als mir klar wird, dass du nun alles weißt.

Du schaust mich einfach nur stumm an und hast kein bisschen Mitleid. Auch bist du dir keinerlei Schuld bewusst, weil du einfach in meinem Tagebuch herumgeschnüffelt hast. Offensichtlich ist es für dich selbstverständlich, dass du einen Text, der die Überschrift *Lieber Jan* trägt, lesen darfst.

Lange sagt keiner von uns beiden ein Wort. Ich sitze heulend auf meinem Bett, und als ich aufblicke, sehe ich, dass du auch ziemlich fassungslos aussiehst. „Was hast du denn alles gelesen?", frage ich schniefend.

„Soll ich das jetzt etwa wiedergeben?", antwortest du entgeistert.

„Du willst Schluss machen, und zwar wegen Yasar …" Damit ist eigentlich alles zusammengefasst. Dir fehlen die Worte und mir auch. Dass mit Yasar hätte ich dir nie, nie gesagt …

„Ich wollte längst mit dir reden", stammele ich schluchzend. „Aber ich wusste nicht, wie. Es ist mir so schwergefallen, weil ich dich so lieb habe …"

Du schnaufst empört. „So lieb, dass du dich gleich in meinen besten Freund verguckst, ja?", höhnst du. „Das ist doch Bullshit, Lea!"

„Nein", sage ich kläglich. „Ich … ich …" Ich würde dir das gern erklären, Jan, aber in diesem Moment klopft es an meine Zimmertür und Mudda streckt vorsichtig ihren Kopf herein. „Hallo, ihr zwei", beginnt sie fröhlich, doch das Lächeln erstirbt in ihrem Gesicht, als sie meine verheulten und deine wütenden Augen sieht. „Oh! Ich … wollte eigentlich nur Bescheid geben, dass Tim jetzt mit dem Wohnzimmerkonzert beginnt. Es sind schon alle da und wir warten nur auf euch. Aber … äh, ihr habt wohl gerade etwas Wichtiges zu besprechen?"

Sie wartet unsere Antwort gar nicht ab, sondern zieht einfach schnell die Tür wieder zu. Du nimmst deinen Rucksack, der neben meinem Schreibtisch steht, und setzt ihn auf. „Können wir nicht reden?", versuche ich zaghaft, dich am Gehen zu hindern.

„Jetzt nicht!", antwortest du kühl. „Es ist doch alles klar, oder?"

Ich nicke kaum merkbar. Dich zu fragen, ob wir Freunde bleiben, traue ich mich nicht.

„Tschüss", sagst du knapp und lässt die Zimmertür leise hinter dir in Schloss schnappen.

Das war's also?

Aus dem Wohnzimmer höre ich dumpfes Klatschen und kurz darauf beginnt der Troll in Begleitung von Hans Goldeisens Gitarre zu singen: *„Du bist das Pflaster für meine Seele, wenn ich mich nachts im Dunkeln quäle, es tobt der Hamster vor meinem Fenster …"* Unter Tränen muss ich ein bisschen lächeln. Ob Hans Goldeisen und der Troll die Zeile wieder extra so verunstaltet haben? *Tobender Hamster* passt irgendwie gerade … aber eigentlich ist das Pflaster-Lied von Ich&Ich wie ein einziger Hohn für mich. Heulend lasse ich mich auf den Rücken fallen, dann drehe ich mich zur Seite. Dort guckt mich das Plüschnashorn an, das du mir zum Geburtstag geschenkt hast. Ich nehme es in den Arm und weine still vor mich hin.

Nichts ist so, wie ich es mir vorgestellt habe. Ich dachte immer, die Menschen, die Schluss machen, sind in der besseren Position. Weil sie ja das Ganze beenden und theoretisch auch wieder aufleben lassen können, wenn sie wollen. Doch das stimmt gar nicht. Gefühle zu haben, die nicht erwidert werden, ist schlimm, ja. Aber Gefühle NICHT zu haben, obwohl der Mensch einem viel bedeutet – das ist genauso schrecklich. Ach, Jan, was hab ich getan? Warum kann man

Gefühle nicht einfach an- und ausschalten, wie man sie braucht? Yasar hat schon recht: Die Gefühle sind nicht schuld. Es kommt darauf an, wie man mit ihnen umgeht und was man tut. Ganz tief in meinem Herzen glaube ich, das Richtige getan zu haben. Aber mein restlicher Körper und alle Nashörner darin schreien gerade, dass es falsch war …

Donnerstag, 12. Juni

Der Tag danach ist schrecklich. Du redest nicht mit mir, ich sehe dich in der Pause nur ganz kurz, du guckst weg. Yasar ist auch nicht bei dir. Ihn sehe ich nur mal im Vorbeigehen und auch er guckt weg und redet nicht mit mir. Ich fühle mich wie eine Kriminelle … oder wie ein Zombie – völlig neben mir.

Freitag, 13. Juni

Ich kann nichts essen und nicht mehr schlafen …

Samstag, 14. Juni

Lieber Jan, es tut mir alles schrecklich leid. Bitte rede mit mir! Können wir Freunde bleiben?

Diese Nachricht habe ich dir geschrieben, weil ich es nicht mehr ausgehalten habe. Du antwortest ein paar Stunden später: *Nein, gerade nicht.*

Irgendwann vielleicht?, schreibe ich hoffnungsvoll zurück. *Weiß ich nicht.*

Sonntag, 15. Juni

Die Einzige, mit der ich darüber reden kann, ist Pinky. Aber dann muss ich daran denken, dass ich sie nach den Sommerferien auch nicht mehr habe, und das ist die nächste Katastrophe. Mein ganzes Leben mit den wichtigsten Menschen darin bricht auseinander.

Montag, 16. Juni

Ich wäre gern jemand anders.

Dienstag, 17. Juni

Jetzt wäre der richtige Zeitpunkt, die Schule zu wechseln. Ich denke ernsthaft darüber nach, mir mal die Waldorfschule anzuschauen, die Mudda vorgeschlagen hat. Vielleicht kann ich dann alles hinter mir lassen …

Mittwoch, 18. Juni

Meine Freunde sind süß. Heute haben mich Julia und Tom, Paula und Frido, Pinky und Gregor mit ins Freibad geschleift und gesagt, sie lassen mich nicht eher nach Hause, bis ich mindestens dreimal gelacht habe. Da hab ich das erste Mal gelacht 😊, wenn auch etwas gequält. Das zweite Mal musste ich lachen, als ein Junge beim Sprung vom Fünfmeterbrett seine Badeshorts verloren hat. 😊

Hätte nicht gedacht, dass so ein Ereignis mal der Lichtblick meines Tages werden könnte. Als meine Freunde mir später ein Eis ausgegeben haben, hab ich dann noch mal gelächelt.  Das muss als Lachen gelten, danach kam nämlich nichts mehr. Mein Eis hab ich kaum aufessen können.

Donnerstag, 19. Juni

Du behandelst mich immer noch wie Luft.

Der Troll verachtet mich, weil ich dich, sein großes Idol, verlassen habe. „Idiotin!", hat er geschnauft und ich befürchte, ich muss meinem kleinen nervigen Bruder zum ersten Mal in meinem Leben recht geben. Wäre es nicht besser gewesen, einfach so weiterzumachen?

Papa hat mir einen Song komponiert, der mich aufmuntern soll. Ich finde die Melodie sogar ganz schön. Aber als er ihn mir zum ersten Mal vorgesungen hat, musste ich heulen. Es geht darin um ein Mädchen, das an ihren Fehlern wächst. Ganz toll – leider bemerke ich keinerlei Größe an mir!

Außerdem spielt mir Papa jetzt ganz oft einen Song von der Band *Wir sind Helden* vor.

Schon nach wenigen JAHREN??? „Papa, soll mich das optimistisch stimmen?", frage ich seufzend. Papa lacht verlegen. „Ja, ich hoffe natürlich, dass es bei dir etwas schneller geht und du bald wieder fröhlich wirst."

Mudda macht sich auch Sorgen um mich. „Wie wäre es mit einer Universum-Therapie?", schlägt sie vor, und was soll ich sagen? Wenn das Leben schon ruiniert ist, kann einen nichts mehr zerstören. Also geh ich morgen in den Buddha-Mudda-Laden und wir halten eine Universum-Sitzung ab. Wo sie doch bei Hans Goldeisen so gut angeschlagen hat … Der probt jetzt übrigens mit Tante Conny für einen Auftritt am nächsten Wochenende. „Eine ganz große Nummer", hat er vor uns rumgeprahlt. „Ihr müsst unbedingt vorbeikommen!"

Freitag, 20. Juni

Heute bin ich in der Schule an Yasar vorbeigelaufen und er hat – ja, er hat mir ganz unmerklich zugelächelt! Ich bin mir eigentlich ziemlich sicher. Ein Nashorn hat einen Freudentanz aufgeführt, auch wenn ich weiß, dass dieses Lächeln nichts zu bedeuten hat. Vielleicht war es auch nur ein Mitleidslächeln. Im Moment sehe ich ja auch erbärmlich genug aus. Ich bin dünner geworden und kann auch immer noch nicht wieder richtig essen, sodass Mudda schon meinte, wenn das so weitergeht, dann muss sie mit mir zum Psychologen. Aber ich habe schnell gesagt, dass wir erst mal ihre Universum-Therapie ausprobieren.

   Deshalb sitze ich jetzt im Hinterzimmer des Buddha-Mudda-Ladens und warte darauf, dass Mudda loslegt. Sie hat das Zimmer verdunkelt und mit einem Beamer ein Universum aus Sternen und Planeten an die Wand projiziert. Außerdem vernebeln ein paar Räucherstäbchen die Luft und wohlige chinesische Klänge lullen mich ein. Woah, endlich erfahre ich mal, was hinter der Universum-Therapie steckt, ich bin richtig aufgeregt …

In den Buddha-Mudda-Laden verirrt sich leider nur selten ein Kunde. Deshalb sollte ich froh sein, dass die Universum-Therapie nach nur 25 Sekunden unterbrochen wurde. Der Kunde hat aber leider nichts gekauft.

Als Mudda zurückkommt, räuspert sie sich und sagt: „Also, Lea-Maus, wo, denkst du, liegt dein Problem?" Noch bevor ich zu einer Antwort ansetzen kann, gibt Mudda sie schon selbst: „Du musst lernen, loszulassen."

Ich schüttele den Kopf. „Mudda, ich hab doch schon alles verloren. Was soll ich denn jetzt noch loslassen?"

„Deinen Schmerz natürlich! Konzentriere dich nun ganz genau auf den Schmerz in dir und dann … uff … atmen wir den Schmerz mit einem festen Stoß aus! So, uff! Wie fühlst du dich?"

Lachend sehe ich Mudda an. Ist das ihr Ernst? Ich wundere mich nicht, dass sie außer Hans Goldeisen schon lange keinen Universum-Patienten mehr hatte. Mudda ist zum Glück nicht beleidigt, sondern lacht einfach mit. „Jaaa!", ruft sie begeistert. „Lachen hilft auch! Das zeigt mir, dass du auf einem guten Weg bist!"

Sonntag, 22. Juni

In all meiner Trauer habe ich gar nicht mehr so richtig mitbekommen, was zwischen Mudda und Papa läuft. Oder besser gesagt, was nicht läuft. Es liegt vor allem an Mudda, glaube ich. Gestern ist sie wieder einfach spätabends, als es schon längst dunkel war, verschwunden.

Und heute Morgen ist Papa dann ausgerastet. Grund war nämlich die Homestory über Hans Goldeisen, die dein Vater, Jan, in der Sonntagszeitung ganz groß über eine Seite gebracht hat. Auch noch in Farbe. Tja, und da war unter anderem dieses Bild zu sehen:

Immer engagiert: *Nachts verschönert Hans Goldeisen heimlich mit seinen Freunden die Straßen der Stadt*

„Also stimmt es wirklich!", ruft Papa empört und kann es kaum fassen. „Du ziehst mit Goldeisen durch die Gassen …"

„Und mit Conny", ergänzt Mudda beschwichtigend. „Es ist nicht so, wie du denkst. Hans, Conny und ich haben uns den Guerilla-Gärtnern angeschlossen. Erstens wollen wir die Stadt verschönern. Zweitens glaubt er, das hilft seinem Image – was ich nur unterschreiben kann –, und drittens dachte ich, dass ich damit vielleicht auch ein bisschen auf den Buddha-Mudda-Laden aufmerksam machen könnte. Aber Herr Wildemann hat ihn gar nicht erwähnt. Dabei habe ich mehrmals darauf hingewiesen …", sagt sie grimmig.

„Gorilla-Gärtnern?", ruft der Troll. „Was soll das denn sein?"

„Es heißt Guerilla-Gärtnern", erwidert Mudda und klärt uns auf, dass beim Guerilla-Gärtnern Blumen und Sträucher gepflanzt werden, um die Stadt schöner zu machen. Zum Beispiel, um ein bisschen Farbe auf eine triste Verkehrsinsel zu bringen. Man darf sich allerdings nicht dabei erwischen lassen, weil es eigentlich verboten ist – deshalb waren Mudda und Hans Goldeisen immer nur nachts unterwegs.

Papa sieht Mudda kopfschüttelnd an. „Und das soll ich dir glauben? Du verbringst mehr Zeit mit ihm als mit deiner Familie! Dieses Techtelmechtel wird unsere Ehe noch ganz zerstören …"

„Techtelmechtel!", wiederholt Mudda und wird auf einmal blass vor Wut. „Glaubst du wirklich, dass ich mit so einem …"

„Ja!", brüllt Papa. „Genau das glaube ich!"

Ich halte mir die Ohren zu, doch Mudda ist nun auch nicht mehr zu bremsen. „Wer hier komische Stelldichein hat, bist doch du! Glaubst du, ich sehe die Frau nicht, die seit Tagen vor unserem Hauseingang herumlungert?"

Unglaublich – auch das scheint in all meinem Schmerz völlig an mir vorbeigegangen zu sein. Ich laufe zum Fenster und schaue hinunter auf die Straße. Dort sehe ich tatsächlich eine der beschwipsten Frauen vor der Eingangstür stehen. „Sie ist nur ein Fan!", stottert Papa wie immer hilflos. Ich drehe mich zu ihm um. „Papa, hast du noch den BH?", frage ich. Papa zuckt mit den Schultern.

„Im Altkleidersack!", zischt Mudda.

Ich renne in den Flur, wo in der hintersten Ecke ein halb gefüllter Altkleidersack darauf wartet, irgendwann zum Container gebracht zu werden. Rasch durchwühle ich ihn und habe bald den hässlichen roten BH gefunden. Ich weiß schon genau, was ich damit jetzt mache.

„Ja, aber ...", stottert Papas Fan. Eigentlich ist sie eine Stalkerin, so, wie sie ihn verfolgt. „Die Blumen waren gar nicht von mir ..." Doch dann packt sie den BH in ihre Handtasche und schleicht tatsächlich davon. Ein bisschen tut sie mir sogar leid. Sie hat halt auch nur ein paar verirrte Gefühle, die keinen Ankerplatz finden. So wie ich!

Zufrieden schließe ich das Fenster und drehe mich zu Mudda und Papa um. Die beiden sehen mich ganz gerührt an. Tja, das hätten sie nicht gedacht, dass ihre Tochter mal so mutig runter auf die Straße brüllen würde. Ehrlich gesagt hat das gerade ziemlich gutgetan. Ein bisschen habe ich mir damit den Frust von der Seele geschrien.

„Ich frage mich, von wem die Blumen waren, wenn nicht von ihr", rätselt Papa. „Ich habe sonst keinen so großen Fan …"
„Doch!" Plötzlich legt Mudda ihre Arme um Papas Bauch und schmiegt sich an ihn. „Ich wollte es dir eigentlich nicht sagen, weil du die ganze Zeit so eingebildet warst – aber der Blumenstrauß war von mir."

„Was?", ruft Papa überrascht aus. „Und ich dachte, so viel bin ich dir gar nicht mehr wert …"

„Du weißt genau, dass du mir noch viel mehr bedeutest, sonst würde ich mich schließlich nicht jeden Tag aufs Neue mit dir herumärgern."

Und dann küssen sich Mudda und Papa und ich ziehe mich schnell peinlich berührt in mein Zimmer zurück. Ist zwar schön, dass sie sich immer noch viel wert sind, aber so genau will ich es dann doch nicht wissen.

Montag, 23. Juni

Am 4. Juli fangen die Sommerferien an. Die Zeugnisnoten stehen fest: in Bio und in Mathe bekomme ich eine Fünf, in Französisch hat mir Frau Semmel mit sämtlichen zugedrückten Hühneraugen noch eine Vier gegeben. Zum Glück kann ich Mathe mit Deutsch und Englisch ausgleichen und Bio mit Kunst und Religion. Also hab ich die Klasse gerade noch mal geschafft – aufatmen!

Was mich aber vielmehr beschäftigt: Am Donnerstag beginnt die Projektwoche. Und ich bin in diesem blöden Gartenprojekt. Zusammen mit YASAR! Das halte ich nicht aus …

Deshalb war ich heute bei Frau Semmel und hab mich erkundigt, ob ich vielleicht noch in letzter Minute ins Anti-Gewalt-Projekt wechseln könnte. Frau Semmel hat mich angestarrt, als hätte ich nach einem One-Way-Ticket zum Mars gefragt. „Du willst zu Frau SAUERWEIN?", ruft sie mit erstickter Stimme aus. „Warum? Weil ich dir eine Fünf in Bio gegeben habe?" Das ist eine ziemlich unsachliche Frage. So emotional kenne ich Frau Semmel überhaupt nicht. „Ich konnte dir keine andere Note geben", fügt sie hinzu. „Du standest auf 4,8."

Ich beschließe, ehrlich zu sein. „Darum geht es mir gar nicht. In dem Gartenprojekt ist jemand, den ich … äh …", *liebe* kann ich zu Frau Semmel jetzt wirklich nicht sagen. „Den ich im Moment nicht unbedingt sehen möchte", gestehe ich.

Frau Semmel seufzt. „Ich, ja?"

„Nein, Sie sind okay", erwidere ich und muss nun doch lachen. „Sie haben mir in Französisch eine Vier gegeben …"

„Ja, die Sympathien für uns Lehrer stehen und fallen mit den Noten", meint Frau Semmel und sieht mich dann fest an. „Lea, ich möchte, dass du im Gartenprojekt bleibst. Man muss seinen Problemen in die Augen sehen."

Wenn ich Yasar noch einmal in die Augen sehe, werde ich vermutlich blind.

Pinky hat mich getröstet, dass sie ja auch noch da ist. Der einzige Lichtblick!

Der Troll will unbedingt bei so einer Castingshow für Kinder mitmachen. Aber Mudda und Papa erlauben es nicht. Sie sind der Meinung, dass es viel zu früh dafür ist. „Schließlich hattest du bislang nur ein einziges Wohnzimmerkonzert", sagt Papa und der Troll ist enttäuscht. Ich finde das richtig so. Der Troll kann nicht mal Gitarre spielen. Das soll er erst mal lernen, bevor er berühmt wird und ins Fernsehen kommt.

Dafür hat Papa nun vorgeschlagen, dass die *No Names* im Buddha-Mudda-Laden ein Benefizkonzert geben, um neue Kunden anzulocken. Nachdem es nicht so viel gebracht hat, die Straßen rund um den Laden mit Guerilla-Gärtnern zu verschönern … na ja, jedenfalls darf der Troll dann da als Vor-Act auftreten. Hoffentlich vergrault das die potenziellen Kunden nicht sofort wieder …

Mudda findet die Idee mit dem Konzert super und es sieht ganz danach aus, als wären sie und Papa momentan wieder ein Herz und eine Seele – nur dann bittet Mudda Papa, ob Hans Goldeisen nicht auch an dem Abend auftreten könne. Da wird Papa ziemlich unwirsch.

Aber weil es ja um den Laden geht und nicht um ihn, hat er ihn schließlich gefragt.

Hans Goldeisen ist sich tatsächlich zu fein für das Konzert im Buddha-Mudda-Laden. Er meinte, dass er ja schon am Freitag das Konzert seines Lebens geben werde. In der Stadthalle – er glaubt, danach wieder berühmt zu sein. „Dann habe ich leider keine Zeit mehr für Benefizkonzerte …", hat er entschuldigend gesagt und Mudda hat ihm auch noch verziehen. Dafür kümmert sich Goldeisen ja rührend um den Troll, und die kostenlosen Gesangsstunden rechnet sie ihm hoch an. Ich will mir allerdings nicht vorstellen, was Goldeisen dem Troll beibringt …

Donnerstag, 26. Juni

Heute Morgen wäre ich gern zu Hause geblieben. Schon allein weil ich die Nacht nur sehr schlecht geschlafen habe. Doch Mudda hat mich gnadenlos aus dem Bett gescheucht und gemeint, wenn ich nach ihr käme, würde ich die Gartenarbeit sicher lieben. Und dann könnte ich vielleicht auch ihren Einsatz beim Guerilla-Gärtnern besser verstehen. Ich glaube, ich komme nicht nach Mudda ... und außerdem geht es ja nicht um die Gartenarbeit – ich hab einfach solche Angst davor, mit Yasar in einem Garten zu arbeiten ...

Es ist schrecklich, ich wusste es! Frau Semmel erklärt uns erst einmal, wie wir den Schulgarten in der nächsten Woche auf Vordermann bringen werden, und dann teilt sie uns in Gruppen ein. Pinky ist in einer anderen Gruppe als ich. „Mist", sagt sie und lächelt mir aufmunternd zu. Dann muss sie auch schon ans andere Ende des Schulgartens. Toll, so viel dazu, dass sie ja auch noch da ist. Aber das Allerschrecklichste ist – ich bin mit Yasar in einer Gruppe! Wieso hätte ich auch mal Glück haben sollen? „Kann ich bitte in eine andere Gruppe? Vielleicht in die mit Pinky?", frage ich.

Frau Semmel grinst, so, als wüsste sie über alles Bescheid. „Nein!"

„Warum nicht?"

„Weil ich mir über die Zusammenstellungen Gedanken gemacht habe."

Es gibt kein Entkommen, das ist die Hölle. Entweder schneidet mich Yasar oder er weiß alles besser.

Von einem Sauzahn hatte ich bis zu diesem Zeitpunkt auch noch nie gehört – kurz habe ich überlegt, ob Yasar dieses Gerät extra für mich ausgewählt hat, so nach dem Motto, der Name passt perfekt zu dir und deinem Verhalten in den letzten Wochen. Aber er erklärte nur in einem ziemlich überlegenen Ton, dass man mit dem Sauzahn die Erde auflockert und nicht umgräbt, weil das Umgraben Regenwürmer und anderes wichtiges Getier im Boden kaputt macht und dann das gesamte ökologische Gleichgewicht durcheinandergerät. So ein Wichtigtuer …

Freitag, 27. Juni

Ich bin wirklich einfach nur froh, wenn die Projekttage rum sind. Inzwischen sind nämlich auch die Nashörner im Schulgarten aktiv. Sie durchwühlen sämtliche Beete und fressen allen Blumen die Köpfe ab. So kommt es mir zumindest vor. Außerdem durchpflügen sie meinen Magen, während Yasar nicht müde wird, mir irgendwas erklären zu müssen. O Mann! Irgendwann schreie ich ihn an, dass er ein elender Besserwisser ist – da wird er auf einmal total verlegen und wir starren uns sekundenlang an. Zum ersten Mal in seinem Leben weiß Yasar keine schlagfertige Antwort, ja, ihm fällt überhaupt nichts ein. Mir aber auch nicht, außer dass ich wahnsinnig werde, weil ich ihn nicht küssen darf.

Abends fahren wir zur Stadthalle. Ich hatte eigentlich keine Lust auf das Goldeisen-Konzert, aber Mudda hat drauf bestanden, auch weil Tante Conny diesmal angeblich einen Riesenauftritt hat. Papa hat sich auch gewundert, wieso Mudda sich plötzlich so für Conny einsetzt, aber ein bisschen hat er sich auch gefreut. Dass Mudda überhaupt etwas für seine Verwandtschaft tut, ist sowieso ein Riesenwunder. Später hat sich herausgestellt, dass Mudda viele Ideen in die

„Goldeisen-Show" eingebracht hat. Na ja, aber das ist alles andere als schmeichelhaft – für alle Beteiligten. Noch in der Bahn hat uns Mudda vorgeschwärmt, die Show sei im ganz großen Stil, so wie bei Helene Fischer und Co. Da schlackerten selbst Oma Marion die Ohren, weil sie Mudda so noch nie erlebt hat.

Tja, das Endresultat war einfach nur Fremdschämen hoch zehn. Das einzige Glück war, dass kaum Zuschauer da waren und anschauen mussten, wie Tante Conny im hautengen (und alles andere als vorteilhaften) Glitzersuit am Trapez herumkletterte. Die Halle war nicht mal zur Hälfte gefüllt und zum Abschluss gab es nur einen müden Applaus. Oma Marion war geschockt und Papa hat sich die Hand vor den Mund gehalten, damit man sein verstohlenes Lächeln nicht sehen konnte.

Goldeisen ist sich wohl auch im Klaren darüber, dass es das jetzt war mit seiner Karriere. „Sag nichts", meinte er nach der Show zu Mudda. „Ich werde am 4. Juli trotzdem nicht beim Benefizkonzert auftreten." Ich glaube, Mudda war weit davon entfernt, Hans Goldeisen nach dieser Katastrophe überhaupt noch irgendwo auftreten zu lassen. Deshalb sagte sie nichts.

Dafür legte Hans Goldeisen den Arm um die Schultern vom Troll und prahlte: „Ich muss nicht immer im Vordergrund stehen. Ab jetzt werde ich der persönliche Coach und Manager dieses jungen Talents hier. Aus dir machen wir was ganz Großes!" Der Troll lachte unsicher.

Mir schwant Fürchterliches!

Sonntag, 29. Juni

Gerade haben wir Oma Anna und Opa Thomas zum Flughafen gebracht und das war mindestens genauso tränenreich wie ihre Ankunft. Jetzt sehen wir sie wieder sehr, sehr lange nicht, die beiden waren darüber auch sehr traurig, aber sie haben in Nepal noch ein Projekt, das sie fertigstellen wollen: Und zwar helfen sie, alte buddhistische Texte zu sammeln, zu archivieren und zu schützen. Mudda ist darüber ziemlich begeistert und die letzten Tage war sie ununterbrochen bei ihnen. Wir hatten schon ein bisschen Angst, dass sie mit ihnen nach Nepal fliegt und uns hier allein zurücklässt. „Nein, so weit bin ich noch nicht", hat Mudda gesagt und hinzugefügt: „Irgendwann vielleicht. Aber erst mal fliegen wir alle zusammen nach Nepal."

Okay, wann? Das wissen wir leider noch nicht …

Montag, 30. Juni

Habe heute entdeckt, dass Yasar alles, was er mir so megacool erklärt, vorher bei Wikipedia und anderen schlauen Webseiten nachliest. Voll peinlich für ihn! Als ich gesehen habe, wie er in seinem Smartphone nachguckt, um mich zwei Minuten später belehren zu wollen, hab ich ihn gnadenlos ausgelacht.

Leider ist mir dann schon wieder nichts mehr eingefallen, aber später musste ich drüber lachen. Und noch später dachte ich mir, dass Yasar echt ein lieber Kerl ist und ich gern wieder mit ihm befreundet wäre. Und mit dir, Jan. Es muss ja nicht immer alles auf Liebe rauslaufen. Liebe wird doch eh überbewertet! Freundschaft ist mindestens genauso wertvoll!

So denke ich mir das und Pinky stimmt mir in der Pause voll und ganz zu. „Freundschaft ist das Allerwichtigste!", setzt sie sogar noch eins obendrauf. „Ich wünsche es dir jedenfalls sehr, dass du mit Yasar und Jan irgendwann wieder befreundet sein kannst."

Danach müssen wir weiter den Garten jäten. Am Ende dieses anstrengenden Tages fasse ich mir jedoch ein Herz und frage Yasar, wie es dir geht, Jan.

Yasar sieht mich kurz mit hochgezogenen Augenbrauen an. „Frag ihn doch selbst!"

„Er redet doch nicht mit mir", erwidere ich seufzend.

„Ach, immer noch nicht? Na ja, eigentlich auch kaum verwunderlich, oder? Schreibst einfach alles in einen Brief – auch noch einen Liebesbrief. Mann, fast hätte ich ihn als Freund verloren!"

„Ja", antworte ich kleinlaut. „Der Brief ist doch eigentlich ein Tagebuch – absolut nicht zum Lesen bestimmt. Also, Jan hätte da nie so einfach reingucken dürfen."

„Stimmt auch wieder." Yasar schultert seinen Rucksack. „Ich glaube, es geht dem Jan schon wieder ganz gut."

„Echt?", sage ich hoffnungsvoll. Bevor Yasar einfach gehen kann, halte ich ihn kurz am Oberarm fest. „Du, Yasar, meinst du, wir können alle irgendwann wieder befreundet sein? So wie früher – äh, nur anders halt …"

Yasar sieht mich lange an. Ich kann seinen dunklen Blick nicht deuten, aber er lässt alle Nashörner in meinem Körper rotieren. „Mal schauen", sagt er nur und dann geht er wirklich. Aber nicht zum Schultor, sondern in Richtung der Kunsträume. Traurig sehe ich ihm nach. Dort findet das Kunstprojekt statt und beim Kunstprojekt macht Kröten-Caro mit …

Dienstag, 1. Juli

Okay, Jan – Yasar hat gesagt, es geht dir schon besser. Und heute hab ich den Beweis dafür. „Guck mal!", sagt Pinky, als wir nach der Gartenarbeit über den Schulhof laufen. Sie zeigt zur Sporthalle und da sehe ich dich. Du bist gerade herausgekommen, dein Gang ist aufrecht und federnd, es sieht nach richtig guter Laune aus. Und der Grund dafür läuft vermutlich genau neben dir. Eliana, ein bildhübsches Mädchen aus deiner Parallelklasse – mit langen, glänzenden braunen Haaren, die sie zu einem Pferdeschwanz gebunden trägt. „Alles gut?", fragt Pinky vorsichtig. Ich muss schlucken, nicke aber tapfer. Ihr beiden gebt ein echt schönes Paar – und das, verdammt noch mal, muss ich dir jetzt wirklich gönnen! (Weh tut es trotzdem!)

Mittwoch, 2. Juli

Pinky meint, dass Yasar so einen auf Besserwisser macht, könnte bedeuten, dass er auf mich steht. Sein Abstecher zu den Kunsträumen könnte auch tausend andere Gründe als Kröten-Caro haben. Ich weiß ja nicht ...

Tatsache ist allerdings, dass sich heute beim Blumenpflanzen unsere Hände getroffen haben. Ich war so entsetzt, dass ich auf der Stelle erstarrt bin und vergessen habe, meine Hände wegzuziehen. Und Yasar hat so getan, als würde er nichts merken, und hat mit seinen erdverschmierten Fingern über meine gestreichelt. Hab ich mir das nur eingebildet? Er kann doch nicht so blöd sein und meine Finger für Regenwürmer oder Wurzeln halten? Und warum sollte er Regenwürmer oder Wurzeln streicheln? So weit geht seine Naturliebe dann ja wohl auch nicht ...

Am Nachmittag hat er mich dann ganz lieb angelächelt und gefragt, was ich heute noch so mache. „Nach Hause gehen", hab ich geantwortet und dann hat er mir viel Spaß gewünscht. Hey, was geht mit dem? Mein Herz ist schon wieder von lauter Nashörnern durchlöchert ...

Ich fass es nicht! Yasar hat mir gerade ein Lied von Tim Bendzko geschickt. Darin heißt es: *Ich will in dein Herz, und wenn das nicht geht, dann will ich dich nieeee wieder sehn ...* ganz kommentarlos hat er diesen Satz drunter geschrieben, was soll ich jetzt machen? Steckt da eine Botschaft dahinter oder will er mich einfach ärgern? Aber was hätte er für einen Grund?

Ist das dein Ernst?, schreibe ich ihm.

Na ja, dass wir uns in der Schule sehen, lässt sich wohl nicht vermeiden, kommt von ihm mit einem Smiley zurück. Und nach einer Weile: *Aber der erste Teil ist vollkommen ernst gemeint.*

Ist das denn zu glauben? Woher kommt dieser plötzliche Sinneswandel? Ich bin skeptisch, aber ich kann trotzdem nicht anders: Ich flippe aus! Alle Nashörner in mir machen eine La-Ola-Welle vor Glück.

Sofort rufe ich Pinky an und sie freut sich mit mir. „So aufgekratzt habe ich dich schon lange nicht mehr erlebt", sagt sie zufrieden. „Endlich lachst du mal wieder aus vollem Herzen."

„Und was ist, wenn Yasar doch nur meine Nummer mit der von Kröten-Caro vertauscht hat?", frage ich plötzlich.

„Lea!", antwortet Pinky lachend. „So was passiert nicht mal im Film!"

Donnerstag, 3. Juli

Mit wahnsinnigem Herzklopfen, ach, was sage ich – Herzrasen – gehe ich am nächsten Morgen in die Schule. Der Schulgarten ist nun fast vollkommen neu bepflanzt und Frau Semmel ist sehr zufrieden mit unserer Arbeit. Yasar grinst mich an, aber sonst passiert nichts. Das ist ja wohl die Höhe! Aber gut, was soll er auch machen? Er kann mich ja nicht hier im Blumenbeet vor allen anderen niederknutschen. Obwohl mir mittlerweile alles recht wäre …

Pinky beobachtet uns den ganzen Morgen. Dabei grinst sie mir immer wieder aufmunternd zu. Auch sie ist ziemlich gespannt, was noch passiert.

Am Ende des Schultages halte ich es nicht mehr aus.

Wie unspektakulär das echte Leben doch ist! Wenigstens ein Gewitter hätte im Hintergrund toben können, während Yasar mich an sich zieht. Stattdessen stehen wir hier mitten auf dem Schulhof und küssen uns. Und keiner nimmt Notiz davon. Ist aber auch egal. Es ist trotzdem der SCHÖNSTE Kuss meines LEBENS.

Später gehen wir in den Park und liegen da einfach auf der Wiese rum. Yasar erzählt mir, dass du jetzt mit Eliana zusammen bist und dass du sie schon ziemlich lange toll findest. Mindestens so lange wie er mich, also seit einem Dreivierteljahr. Na, das hast du vor mir ja auch mal schön verheimlicht, Jan!

„Und ich dachte immer, du bist noch hinter Kröten-Caro her", sage ich und kuschele mich an Yasar.

„War ich ja auch", gibt er zu. „Aber Caro hat ziemlich schnell gemerkt, dass ich auch noch an dir hänge. Jedenfalls hat sie mir das immer vorgeworfen. Und die Nummer zwei zu sein liegt ihr nicht. Ich vermute, deshalb hat sie Schluss gemacht und sich das mit dem Holländer ausgedacht. Das fand ich übrigens wirklich schlimm, weil ich sie zu dem Zeitpunkt echt gernhatte …"

Wenn ich mir das so überlege, dann habe ich es also quasi Kröten-Caro zu verdanken, dass ich jetzt doch noch mit Yasar zusammengekommen bin. Das Leben ist manchmal wirklich absurd. Sollte ich mir mal wieder vornehmen, in Zukunft netter zu Kröten-Caro zu sein? Aber das ist schon so oft schiefgegangen – es würde vermutlich auch diesmal nicht klappen. Ich nehme an, Kröten-Caro hätte doch nur wieder einen fiesen Spruch auf Lager.

Freitag, 4. Juli

Sommerferien, hurra!

Frau Sauerwein hat heute den Preis für mehr Engagement an unserer Schule erhalten. Ich glaube, Frau Semmel war gar nicht böse, dass sie verloren hatte. Der Preis war nämlich ein überaus hässlicher Pokal aus Pappmaschee, den die Kunst-AG während der Projekttage hergestellt hatte. Frau Sauerweins Lächeln sah aus, als könnte sie sich nicht entscheiden zwischen Entzücken oder Entsetzen, als Direktor Broll ihr zusammen mit Kröten-Caro das Ding überreicht hat. Ganz sicher hat sie sich eine andere Prämie vorgestellt …

Ich sehe dich wieder zusammen mit Eliana. Als du meinen Blick bemerkst, lächelst du ganz kurz, aber dann schaust du gleich wieder weg. Ist okay, Jan … ich verstehe es irgendwie – auch wenn ich mir immer noch ganz fest wünsche, dass wir Freunde sein können.

Am Abend ist das Benefizkonzert im Buddha-Mudda-Laden. Richtig viele Leute sind da und der kleine Verkaufsraum ist bald proppenvoll. Sogar bis raus auf die Straße stehen die Leute. Gleich hat der Troll seinen Auftritt. Er wirkt sehr nervös und ich bin auch schon aufgeregt. Irgendwie habe ich das Gefühl, dass es der peinlichste Moment seines Lebens werden könnte. Ich meine, was kann man schon erwarten bei einem Lehrer wie Goldeisen? Ich schicke ein kurzes Stoßgebet nach oben, dass es okay für ihn wird. Alles andere würde mir wirklich leidtun.

Die Musik wird eingespielt und der Troll schluckt noch einmal. Dann legt er los mit seinem Lied vom tobenden Hamster. Und mir bleibt der Mund offen stehen. Der Troll KANN SINGEN. Und zwar richtig gut! Engelsgleich kommen die Töne aus seinem Mund. Das hätte ich nicht gedacht. Mudda und Papa lachen sich glücklich an und Goldeisen guckt stolz zu Oma Marion, die auch ganz verzückt ist. Mein kleiner Bruder! Wenn Goldeisen aus ihm einen Star macht, werd ich … ja was werde ich dann? Verrückt? Nein, ich glaube, dann bin ich auch ziemlich stolz.

Als später die No Names auftreten, fangen doch tatsächlich ein paar Frauen an zu kreischen. O nein, die beschwipsten Tussis sind wieder da! Muddas Augen versprühen regelrecht Feuer, als sie sie sieht. „Das darf doch nicht wahr sein!", flüstert sie. Papa hat offensichtlich auch genug von seinen penetranten Fans. Er unterbricht das Konzert, als die Frauen zur Bühne gestürzt kommen. „Also bitte", sagt er hilflos, dann blitzt es plötzlich in seinen Augen auf und er weiß sich mit einem letzten Ausweg zu behelfen.

Hans Goldeisen ist überglücklich mit seinen neuen Fans. „Jetzt geht es doch wieder bergauf!", lächelt er und sagt zu Papa: „Da haben die Frauen ja gerade noch rechtzeitig echten Geschmack bewiesen."

Papa lacht säuerlich. Pinky raunt mir ins Ohr, dass er und Goldeisen ein schräges Duo sind. „Wenn die 'ne Fernsehsendung hätten, würde ich mir jede Folge anschauen."

Anschließend tanzen wir bis spät in die Nacht. Meine anderen Freunde sind auch da und alle freuen sich, dass Yasar und ich jetzt ein Paar sind. Du bist natürlich nicht da, Jan, aber das habe ich auch nicht erwartet.

Donnerstag, 31. Juli

Ich bin soooo traurig ... heute ist Pinky nach England gezogen. Wir haben die ganzen Sommerferien hindurch fast jede freie Minute miteinander verbracht und jetzt vermisse ich sie mehr denn je. Natürlich haben wir uns fest vorgenommen, uns andauernd zu schreiben – aber das ist einfach nicht dasselbe. Es ist richtig beschissen, wenn die allerbeste Freundin der Welt plötzlich so weit weg ist.

Jetzt bin ich richtig einsam – zumal Yasar vor drei Tagen mit dir und ein paar anderen Kumpels zum Zelten gefahren ist. Ich durfte natürlich nicht mit ... zum Glück aber auch keine Freundin der anderen. Ist ein reiner Jungsurlaub.

Samstag, 2. August

BLUTIGES ERBE

Der Mord an einem Neugeborenen scheint für Ricarda Zöller von der SoKo Mainz ein unlösbarer Fall. Bis die Tatwaffe einen Zusammenhang zu einem früheren Verbrechen in Heidelberg preisgibt. Handelt es sich um denselben Täter? Ricarda wendet sich an Lorenz Rasper vom Bundeskriminalamt Wiesbaden. Kaum hat der Spezialist seine Ermittlungen aufgenommen, werden sie an einen neuen Tatort gerufen: Die Mutter des Babys wurde ebenfalls getötet …

»Ein guter Krimi, der nicht nur unterhält, sondern auch den einen oder anderen Denkanstoß gibt.«
KrimiKiosk zu »Engelsblut«

»Spannende Unterhaltung garantiert.«
Darmstädter Echo zu »Opfergrube«

Originalausgabe

Du weißt ja gar nicht, wie sehr ich mich über die Postkarte von dir freue, Jan! Fast noch mehr als über die von Yasar, die am gleichen Tag ankommt. Wenn wir uns wieder anfreunden könnten und eine richtige Clique werden würden – das wäre so toll! Ich werde auch nicht länger diesen Liebesbrief hier schreiben – das passt einfach nicht mehr …

Aber eines weiß ich ganz sicher: Auch wenn jetzt alles völlig anders gekommen ist, als ich es mir jemals ausgemalt habe – Jan, du warst definitiv meine erste große Liebe!

Deine Lea

PS: Wer weiß schon, was noch alles im Leben passiert …

Das Team – Autorin und Illustratorin

Ulrike „Uli" Leistenschneider, Jahrgang 1981, lebt in Stuttgart und lektoriert seit einigen Jahren Kinderbücher. Sie schreibt außerdem für die Reihe „Sternenschweif" und hatte schon immer den Wunsch, ihre eigenen Figuren und Schauplätze zum Leben zu erwecken. Für die Geschichte von Lea und Jan musste sie sich nicht weit zurückversetzen – ihre eigene Teenie-Zeit ist gedanklich noch sehr präsent.

Isabelle Göntgen illustrierte die Geschichte von Lea und Jan genauso, wie die Autorin sich das vorgestellt hat. Isabelle Göntgen hat visuelle Kommunikation in Pforzheim studiert und als Junior-Art-Direktorin für die Werbeagentur „Saatchi & Saatchi" in Frankfurt gearbeitet. Das Zeichnen war aber immer schon ihre größte Leidenschaft und so hat sie sich 2006 als freie Illustratorin selbstständig gemacht. Sie arbeitet nicht klassisch mit Stift und Blättern, sondern lässt ihre Illustrationen digital am Computer entstehen.

Danke!

So ein Buch schreibt sich nicht von ganz allein. Oft werde ich gefragt, woher meine Ideen kommen. Manche kommen wirklich einfach so, plopp, sind sie da. Aber die meisten sammle ich irgendwo auf – aus der Vergangenheit, aus Alltagssituationen oder aus spannenden Unterhaltungen mit noch viel spannenderen Menschen. Allen, die in den letzten drei Jahren für mich da waren und mich mit Ideen zum längsten Liebesbrief der Welt bereichert haben, ein dickes Dankeschön, ganz besonders aber:

Meiner Familie und meinen Freunden (ohne euch wäre ich sehr einsam und hätte überhaupt keine Ideen), Isa (ich möchte am liebsten alle Projekte mit dir zusammen machen), Silke und Ina (ich kann mir keine besseren Lektorinnen vorstellen), dem weltbesten Kinderbuch-Team aus dem Kosmos-Verlag, Anna und Thomas (für eure Buddhismus-Kenntnisse und die schönen Worte, die ihr Opa Thomas in den Mund gelegt habt), weiteren besonderen Ideengebern: Seung Hee, Elisa, Sandra, Andreas „Dilli", Lena, Teresa, Anja, Johannes, Nuriye und einigen, die sich vermutlich wundern würden, stünde ihr Name hier. Manche wissen nicht, wie sehr sie Geschichten bereichern … das soll auch so bleiben. ☺

Last but not least, danke ich dir, lieber Leser, dass du sogar die Danksagung gelesen hast! Ich hoffe, du hattest viel Spaß mit Lea. Wenn du Fragen hast oder mir deine Meinung schreiben möchtest, dann schau doch mal rein bei **facebook.com/uli.leistenschneider**

Leseprobe

272 Seiten., €/D 13,99

Mit 14 ist das Leben ganz schön kompliziert! Doch mit Witz und Coolness übersteht Amélie auch die peinlichsten Situationen. Amélie und Kat sind die besten Freundinnen der Welt, „4ever and ever!" Doch seit Amélie versehentlich ein streng gehütetes Geheimnis von Kat verraten hat, ist die stinksauer. Wem soll sie jetzt erzählen, dass ihre Mutter ausgerechnet in den Schuldirektor verknallt ist!?! Als dann noch der süße Nicolas auftaucht, stolpert Amélie von einer Katastrophe in die nächste ...

Begleite Amélie auf folgenden Seiten ...

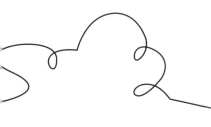

Dienstag, 13. September

Ich bin ganz allein im Universum. Niemand versteht mich – außer vielleicht meine beste Freundin Kat. Aber seit wir uns wegen einer blöden Kleinigkeit verkracht haben, reden wir nicht mehr miteinander.

Natürlich gibt es noch meine Mutter (sie ist unten in der Küche und macht Spaghetti Bolognese und es riecht superlecker). Aber mit ihr kann man einfach nicht über alles reden, und manchmal geht sie mir ganz schön auf die Nerven. Wie gerade jetzt.

Heute ist mir in der Schule im Matheunterricht ein frecher Spruch rausgerutscht. Eigentlich keine große Sache. Echt nicht! Aber meine Mathelehrerin hat sich bei unserem Direktor beschwert, und der hat sich bei meiner Mutter beschwert, und jetzt kriege ich Fernsehverbot. Ich persönlich finde ja, dass man mit vierzehn zu alt für so einen Quatsch ist. Es müsste ein Gesetz geben, dass Eltern ihre Kinder ab, sagen wir mal, elf Jahren nicht mehr mit solchen unnötigen Verboten belästigen dürfen. Denn so was ist doch Mist!

Jetzt verpasse ich heute Abend die neue Folge meiner Lieblingsserie One Tree Hill. Und die Wiederholung, die diese Woche läuft, auch. Ich darf sie noch nicht mal aufnehmen! Meine Mutter meinte, zur Not könne ich sie mir ja nächstes

Jahr auf DVD anschauen. Nächstes Jahr! … das ist ja noch ewig hin! Gut, auf DVD hat man die Originalstimmen der Schauspieler. Was mir aber nichts bringt, denn mein Englisch ist nicht gerade berauschend. So etwa klingt es, wenn ich The Anthem von Good Charlotte singe: »You-hu! Nowa, nowa, just like you … nananananana, this is the anthem. Wasa wasa wa You-hu … Dewon nana you!« Völliger Blödsinn natürlich. Aber echt mal, das Fernsehverbot ist doch total übertrieben! Nur weil ich mir einen winzigen Scherz mit unserer Mathelehrerin erlaubt habe, die seit Beginn des Jahres wirklich zum Kotzen ist. Immer mies drauf! Die ganze Zeit! Kaum sind wir im Klassenzimmer, da schreit sie uns schon an, dass wir niemals irgendwas kapieren werden, wenn wir uns nicht an ihre Ar-beits-me-tho-de halten.

Ihre Arbeitsmethode:
Madame Gagnon, unsere Mathelehrerin, unterrichtet ihr Fach, indem sie uns vorschreibt, welches Wort wir mit welcher Farbe unterstreichen sollen. Zum Beispiel: »Das Volumen eines Körpers ist die Größe des Raums – ›Größe des Raums‹ doppelt grün unterstreichen – die dieser Körper einnimmt. Absatz, zwei Zentimeter frei lassen.«
Heute hat sie geschrien: »IHR MÜSST EUCH AN DIE AR-BEITS-ME-THO-DE HALTEN, SONST IST DER DAMPFER FÜR DIE MITTLERE REIFE ABGEFAHREN!«
Darauf ich: »Dann nehmen wir halt den Zug.«
Ein paar Leute haben zaghaft gelacht. Sie hat drohend gefragt: »Findet ihr das etwa komisch?« Woraufhin sich großes, oder

vielmehr RIESIGES Unbehagen ausbreitete (»RIESIGES« doppelt rot unterstreichen!). Und dann hat sie mich zum Direktor geschickt.
Das war mir wirklich wahnsinnig peinlich. Denn immer, wenn ich zu Monsieur Beaulieu (dem Direktor) ins Büro muss, weil ich was angestellt habe, bringe ich keinen Satz zu Ende, ohne zu heulen.
Ungefähr so:
Monsieur Beaulieu: »Warum bist du hier?«
Ich: »Weil ich was gesagt habe, das i-hi-hich …« (Der Rest des Satzes ist unverständlich, aufgrund von Schluchzern, verschluckten Wörtern, Schniefen usw.)
Wie gesagt, superpeinlich!
Ich bin also zu Monsieur Beaulieu ins Büro gegangen. Trotz meines Schluchzens hat er es geschafft, meinen Witz zu verstehen. (Ich hatte sogar den Eindruck, dass er schmunzeln musste. Keine Ahnung, ob das an meinem Geheule lag oder an meinem Witz.) Er hat meine Mutter angerufen, und die hat daraufhin beschlossen, dass ich heute nicht *One Tree Hill* gucken darf. Total gemein! Wenn sie mir zur Strafe das Abendessen gestrichen hätte, wäre ich zwar halb verhungert, aber das wäre trotzdem weniger märtyrerhaft gewesen. Ja, genau das ist es: Ich bin eine Märtyrerin!!! Gut, das ist jetzt vielleicht etwas übertrieben. Aber auf jeden Fall kann meine Mutter knallhart sein. Sie hat zum Beispiel einen Putzfimmel, und hat mich sogar schon mal gezwungen, Seife zu essen! Na ja, eigentlich war es ein Versehen: Sie hat die Schokosoßenflasche mit der Spülmittelflasche verwechselt (keine Ahnung, wie sie das geschafft

hat). Hinterher haben wir uns kaputtgelacht. Aus Rache habe ich sie gezwungen, selbst einen Löffel zu probieren. Sie hat so getan, als wäre es total lecker.

17:19
Meine Mutter ruft mich zum Essen.
Ich habe einen Bärenhunger. Eigentlich bin ich jetzt doch ganz froh, dass sie mir nicht das Abendessen gestrichen hat …

20:34
Meine Mutter konnte sich an die Geschichte mit der Schokosoßen-Spülmittelflaschen-Verwechslung nicht erinnern. Na, toll! Das ist eine meiner prägendsten Kindheitserinnerungen, und sie erinnert sich nicht mehr daran! Spülmittel zu essen – das vergisst man doch nicht einfach so! Aber dann dachte ich mir, wenn sie so ein schlechtes Gedächtnis hat, erinnert sie sich vielleicht auch nicht an das Fernsehverbot. Also habe ich einfach mal rechtzeitig zu *One Tree Hill* den Fernseher eingeschaltet, aber sie konnte sich sehr wohl erinnern (Grrr!). Die Erinnerungslücken meiner Mutter funktionieren leider nicht gerade zu meinem Vorteil.

Das verdrehte Leben der Amélie
Beste Freundinnen
von India Dejardins
ISBN 978-3-440-13592-1